闲书闲话

李庆西 著

河南文艺出版社
· 郑州 ·

图书在版编目(CIP)数据

闲书闲话/李庆西著. —郑州:河南文艺出版社,2018.8
(采桑文丛/李辉,戴新伟主编.第二辑)
ISBN 978-7-5559-0515-8

Ⅰ.①闲… Ⅱ.①李… Ⅲ.①随笔-作品集-中国-当代 Ⅳ.①I267.1

中国版本图书馆 CIP 数据核字(2018)第 096671 号

选题策划 陈 杰 杨彦玲
责任编辑 王 宁
书籍设计 刘运来
责任校对 殷现堂
责任印制 陈少强

出版发行 河南文艺出版社
本社地址 郑州市鑫苑路 18 号 11 栋
邮政编码 450011
售书热线 0371-65379196
承印单位 河南瑞之光印刷股份有限公司
经销单位 新华书店
开 本 787 毫米×1092 毫米 1/32
印 张 7.25
字 数 104 000
版 次 2018 年 8 月第 1 版
印 次 2018 年 8 月第 1 次印刷
定 价 36.00 元

印厂地址 河南省武陟县产业集聚区东区(詹店镇)泰安路
邮政编码 454950 电话 0391-2527860

作者简介

李庆西，1951 年生，现居杭州。文学编辑与著作者。曾任浙江文艺出版社编辑，现任《书城》杂志执行编委。多年从事文学研究与创作，有评论、随笔、小说等各体著作近二十种。近年来出版《话语之径》（2011 年）、《小故事》（2014 年）、《古代文学经典读本》（2015 年）、《大风歌》（2016 年）、《老读三国》（2016 年）、《书偈》（2017 年）等。

目录

弁语

收在这里的书评长短不一，且有分别：前边几组《闲书闲话》是类似书话性质的短书评，记录阅读的感受和印象；后边有几篇外国小说评论，试图在印象概括的基础上做出解读；最后一篇评论出版家贝内特·瑟夫的自传，亦算书人书事。

这些文章写于最近几年，所评论的书籍大多以前读过，因为留有某些触动自己的记忆，就陆续敷衍成文，可以说是一种事后补写的读书笔记。我不知道自己谈论的这些书籍有多少人喜欢（其实有几种我自己也不喜欢），但是作为阅读对象，它们多多少少使我有所获益，至少是有所启示，能让我想到以前不曾想过的问题。博尔赫斯在《私人藏书：序言集》序言里说过这样一段话：

> 随着岁月流逝，我们的脑中会有一套浩繁的藏书形成，那是由曾经让我们爱不释手并且极想与人分享的书和文字组成的。这一私人藏书中的每篇文字不一定都很有名。原因很清楚。传播名声的是大学里的教授，他们感兴趣的不是文学的美，而是文学的运动、年代以及对一些作品的繁琐分析（那些作品似乎不是为了使读者愉悦，而是为了让人分析而写的）……

对此我有同感。我脑子里的“私人藏书”跟别人晒出的书单肯定大不一样。这种“私人藏书”无疑折射着个人的精神和趣味成长史，其中自有难以磨灭的时间印记。只是时过境迁，那类擅做“繁琐分析”的教授渐成稀缺人才，如今流行的是谈书论道。我不会论道论世，亦不擅学术分析，只能做些就书论书的文章。

讨论一本书可以成为公众话题，阅读却是个人的事情。多余的话就不说了。

李庆西　识于丙申年正月初五

闲书闲话(一)

《许姬传七十年见闻录》

中华书局 1985 年版

此书包括《戊戌变法侧记》《谭鑫培的艺术道路》和《梅边琐记》三部分。纪事体例并不整饬,讲戊戌变法时而穿插梨园旧事。谭鑫培那部分故事甚多,都是前辈口传的段子,好在记述很生动。譬如说到老谭《战太平》表现链子的身段,左摔右摔再是直愣愣朝上一摔,三下绝活一亮,“台下炸窝般的叫好”,这情形宛似亲眼所见。许姬传先生从三十年代起为梅兰芳侍弄文墨,但书里记梅先生只是一九四九年以后的一段，唯独这部分是他亲身见闻。

一九四九年九月，梅兰芳由沪至京出席第一届全国政协会议，会后应长安戏院盛邀在京演出十天，这是《梅边琐记》记述的重头。梅先生对那回的演出热情很高，一再跟剧院方面强调票价一定不能太贵，他是诚意回报北京观众。可是说到要投入演出排练，有一事颇伤脑筋，就是选择哪些剧目的问题，书中有一节专门讲到此事——

> 梅先生演过的戏，约莫在二百出左右，大家研究了半天，这一出有点封建，那一出内容意识不大正确，又一阕犯了迷信，还有些戏，多年不动，无法演出，搞了两天，毫无结果。

许先生文字里挟带着一股政治热情，当时尚无有关部门审查一说，自己先就有了把关意识。事到临头，许姬传和王少卿各自开了一个戏单，梅先生身边一班人便急忙商量如何改戏，有人认为要动大手术，有人觉得时间紧迫只能小修小补。最后是梅先生自己在单子上圈定了《女起解》《贩马记》《宇宙锋》《霸王别姬》和《凤还巢》五出戏,因为觉得这几出还没有大毛病,局部修改比较容易。

其实麻烦也还不小。譬如《宇宙锋》一剧,原本是表现纲常舛错中的拨乱反正,却要借以建构"反封建"主题,这就颇费斟酌。梅兰芳自己还琢磨着要配合新政府禁娼政策,在《女起解》中如何突出"娼妓在旧社会里面所受的压迫痛苦蹂躏"的旨意,于是要修改崇公道的唱词和道白。许姬传他们忙乎了一夜,写了新词,赶着拿给配演崇公道的萧长华去排练。许先生文章里有一个细节,萧长华在台上还有"现抓哏"的一手:崇公道替苏三把枷锁卸下,对苏三说:"这解放了,你觉得轻松多了吧!"

这当儿苏三若用快二六唱"解放区的天是明朗的天",台下还不"炸窝般的叫好"?

"这解放了",艺术家们的担子可不轻松,如何将旧戏融入新话语境已是刻不容缓。

《齐如山回忆录》

中国戏剧出版社 1991 年版

近世以来，梨园文人名声最大的就是齐如山，对京剧贡献最大的也是他。可齐先生最初并不喜欢京剧。他早年进同文馆学习德文和法文，年轻时游历欧洲，钟情于洋人的话剧与歌剧。那时他以为京剧技术上简陋，内容又多猥亵、龌龊。有一次偶然的机会，看了梅兰芳的戏，发现了一个难得的天才，“由此就又看了几次其他角色，乃引起我一种特别的心思来”。从最初的排斥，到以后全身心地投入京剧研究，乃至替梅兰芳编排新剧，几乎一辈子的精力都掷于其中……何以有这样的转折，这部回忆录里没有讲得很清楚。

齐如山做研究之前，还没有人对京剧做过学理性探究，而明清以前的戏曲著作关注的只是曲目曲调，几乎不涉及表演艺术。所以，他的研究可以说是白手起家，只能从“田野调查”开始做起。办法就是两条：一是不断听戏，观摩比较各类角儿的一招一式；二是找戏界中人聊天，从人家嘴里掏弄舞台表演的原始资料。他不光找名角，也找一般演员，还找乐师和化妆师，甚至逮着后台杂役、戏班里管箱包的也问长问短。几十年间，他接触的戏界中人竟有四千余人，这数字现在听着让人发晕。

一九一二年，有一次看梅兰芳演《汾河湾》，他觉得窑门一段大有问题。薛仁贵在窑外唱了半天，柳迎春一直在窑内发怔，这从剧情上说不合理，从表演上说更不合乎"戏的原则"（他后来总结京剧原理，提出"无声不歌，无动不舞"，以为圭臬）。当时他给梅兰芳写了一封长达三千字的信，阐述自己的意见，还捋着唱词逐句点拨，譬如"柳家庄上招了亲"一句如何做表情，"破瓦寒窑暂存身"一句如何做身段；生角在唱，旦角不能闲着……用现在的话说，角色之间须时时见诸互动。写这封信原本没指望有所回应（梅兰芳那时尚十七八岁，俨然已是名角），不料下次再看此戏，人家照他的意思全改过来了。这下齐先生兴趣大增，以后两年间每看梅兰芳一出戏，就给他写一封信，写了一百多封这样的信。

从一九一四年开始，他给梅兰芳打本子。当时梅兰芳已经意识到“不排新戏，不能与人竞争”。最先编的是一出神话剧《嫦娥奔月》，一上演就很叫座。后来接连编了《黛玉葬花》《天女散花》《洛神》《霸王别姬》《凤还巢》等二十几出，还有《宇宙锋》《游龙戏凤》等改编剧目。齐如山编的这些戏多以角色表情和歌舞见长，所以连扮相（包括化妆和服装）、身段都是他亲自设计。齐如山自己总是说，他是要帮梅兰芳，因为这是一个难得的天才。当时有人说他是拿梅兰芳当作试验品，其实这话也没错，只是这种试验极为成功。后来梅兰芳领戏班访问日本、美国、苏联，皆由齐氏一手打理。当年此公亦是琢磨着“文化走出去”，远比现在的官员们做得漂亮。

七七事变后，齐如山留在北平，梅兰芳去了上海，二人的合作由此而终结。一九四八年冬天北平围城，许多人都想往南方走，正好航空公司有疏散职员眷属的航班，齐氏顶着别人名字上了飞机。在上海，他跟梅兰芳有过几次长谈，十几年不见，谈的还是京剧。在上海待了一个星期，他上船去了台湾。这一走就是永诀，他倒并未竭力撺掇梅兰芳离开大陆。

《勒·柯布西耶书信集》

[法]让·让热编,牛燕芳译,中国建筑工业出版社 2008 年版

此书中译本有五百七十多页,虽按普通规格出版,但编辑体例和版面设计做得十分用心,还有详尽的注释,书中插入的图片(柯布的建筑草图、书信手迹和素描等)也很有意思。

柯布的信函,在柯布西耶基金会编目归档的有四千多封,这部书信集只选用了其中的三百二十九封。法文版的序言中说明了遴选的两个原则:一是选录的书信篇幅不宜过长,二是要保证"对其中涉及的第三者的尊重"。

用中国人的说法,柯布显然是所谓"性情中人",这在他的书信中可以明显看出。一九一〇年,这位未来的建筑大师还是刚入行的实习生,每天从事着枯燥的画图作业。在给德国艺术家威廉·怀特的一封信中,他大肆抱怨——"在贝伦斯事务所实践了两个月之后,我感觉自己

就是个名副其实的蠢货。我承认,并且已经开始接受这种状态了:一个熟练工,一个无脑的绘图员;在办公室里就像一个十足的傻子,被安排去完成无关紧要的工作……”接下来便开始大骂贝伦斯。在那个年代,彼得·贝伦斯是闻名于世的大师,在柯布之前,日后大名鼎鼎的密斯也在那个事务所实习。可是专制而难以接近的贝伦斯让柯布感到心碎,他需要怀特这位忘年交抚慰自己绝望的心灵,他流露出很想马上就跳槽的想法,还说自己“打算继续我那非常规的野路子的学习”。柯布在贝伦斯事务所的一幕,是许多有才华的年轻人都会遭遇的职场经历。不过,他好歹在那儿坚持了五个月,在那些艰难的日子里他并非毫无收获。

有人说,建筑师的才华一半在于处理公共关系。可是在柯布的事业中,他只用了另一半才华就达到了别人难以企及的高度。事实上,他是用为数不多的中小型建筑将自己推向大师的宝座,譬如弗吕日小区和萨伏伊别墅。可是,他孜孜以求的那些大型项目多半是从未实现的纸上方案。一九二七年的国联总部大厦竞标方案一度被认为最有可能被选中，最后还是铩羽而归。柯布给母亲的信中大骂捣鬼的学院派同盟。在很长的时间里，柯布就是中国人所说的那种“叫好不叫座”的主儿。即便成名之后，他在法国也很难拿到政府委托项目。一九三五年七月，他在给母亲的信中写道：“巴黎还是沉默不语，将我拒之千里。”他将目光投向印度、南美和苏联，带着愤怒和希望走南闯北。他走到哪儿都会给母亲写信，向老妈倾诉事业的进展与坎坷，他始终需要母亲的抚慰。

直至一九五二年，柯布在给他的朋友艾莫瑞的信中还抱怨命运的不公。这回将矛头指向法国战后重建及城市规划部部长克劳迪斯，信中写道：“令我感到诧异的是，克劳迪斯，四年前担任部长一职，距我不到五十米的邻居，浸透着我的思想，自称是我思想的捍卫者，并以我的思想为名义展开实践的……行动，等等，我惊诧于他担任部长期间，竟一次未与我交谈。以讨论行为的准则问题的实质为内容的交谈。是的，问题！人的问题，城市规划的问题，居住单元及工业化生产的问题，以及其他众多问题……我们的交流为零。”其实，克劳迪斯也算是柯布的朋友，当了部长就躲着柯布了。柯布当然有理由抱怨——“另一件足以令我感到难过的事。我六十五岁了，我只获得过一项国家的委托：一栋出租公寓，集合住宅。那是一九四五年，从多迪先生手中接过的委托。”他说的多迪是克劳迪斯的前任，战后第一任重建及城市规划部部长。

不过，半年之后这股怨气已烟消云散。当柯布的杰作马赛公寓落成时，他兴高采烈地向母亲报告：“非常美好。1)——对象，房子（按，即马赛公寓）本身是一件建筑的杰作（无论什么时候）。它白天是动人的，夜晚是奇妙的。2)——完美的仪式，庄严，热烈，在激动、感人、骄傲、庄严的气氛中举行。部长先生作了慷慨的演讲……当庆功酒打开的时候，女人们一个接一个地来和我拥抱……”马赛公寓就是他在多迪任部长时拿到的唯一的委托项目。信中提到的“部长先生”正是克劳迪斯，部长借此机会代表政府授予柯布法兰西三等荣誉勋位——他信中没提这一茬，却欣喜地告诉母亲：“一位怀孕八个半月的年轻女子请我做她孩子的教父，那是一位空军指挥官的太太……”

《吏学指南》

［元］徐元瑞撰，杨讷点校，浙江古籍出版社 1988 年版

这是中国古代罕有的一种蒙学读物，原称“习吏幼学指南”，是“习吏”之人的初级读本。编撰者开列所谓“吏用之字及古法之名”，皆属历代官场名物事类，分九十一门，凡二千一百余条。如职官、郡邑、仪制、户计，乃至刑名律法、公文用语、衙署行话等。其编写方式有如简单的类书，基本上只用一两句话加以诠解，或有释读，却并无示例。试举册籍类之案牍、卷宗二条：

> 案牍　考察文验曰案，书字之版曰牍。
>
> 卷宗　事始所出，谓之卷宗。宋曰案祖。

又如署事类之判署、押字二条：

> 判署　判谓掌判之官，署为同署官吏。

押字　古者书名，破真从草，便于书记，难以模仿。唐韦陟始以押字为记。

检视全书，体例比较杂乱，各类目之间缺少明晰的界定，编次亦不尽合理。譬如五刑、肉刑、杂刑、加刑这几类刑罚，名目粘连不清，杂沓重合之例比比皆是。另外，最后《诸箴》《诸说》以下条目及《为政九要》各章，系辑述前人故事作为学习资料，其中有名人笔墨，亦有不知出处的摘记。从内容上看，此书应该属于扫盲性质的“干部必读手册”，而不像是一种“幼学读物”。当然，如果说官场人才须从娃娃抓起，蒙童操习吏学自是必然，此书虽显窳陋，作为提前培训干部队伍三梯队四梯队的应急教材亦凑合可用。

其实古人并无“吏学”一说。自汉代以后，作为官员统称之“吏”字，已更多用来指向普通公务员（主要指低级官员和办事人员），往往联系着衙署事务之技术层面。本书所谓“吏学”，顾名思义，是从簿书案牍中发展而来的一门学问，按说应该是一套行政管理的章法与规程，可是书中罗列的只是零零落落的知识皮屑，不见学问之躯干。

在科举时代，为官者从闱战中杀出，自然谙熟四书五经——儒家先哲讲修齐治平，讲维稳大同，颇有一套莅政牧民的指导方针，实无须另辟一途。至于入幕的刀笔师爷和一般胥吏，亦多由落第士子和粗通文墨者充任，那班人并不缺乏通常的官场知识。只是元代的情况不同于各朝各代，在蒙古铁骑践踏之下士大夫文化几乎荡然无存。元朝前期废除科举，汉人官员多由吏员擢进，而一般胥吏杂役则纳自民间闾巷。大老粗入衙署之前，诵记这些官场名物事类自是速成的课业。这部《吏学指南》撰于大德五年(1301)，其时朝廷尚未恢复科举，满天下找不出几个读书人，能操官场术语就算是预备干部了。

《五灯会元》

[宋]普济著，苏渊雷点校，中华书局 1984 年版

黄子平应吴亮邀请来上海思南公馆讲学，讲沈从文与左翼文学的一段往事。那日由于时间关系，会后没有

安排听众提问，子平说这样也好，因为有些话题他不想涉及。隔日到杭州，在西湖郭庄小憩，闲聊中有人问起，如果当时听众提及某个煞风景话题，当作何回答？子平说这也好办，他问他的，我讲我的。他说，早年读《五灯会元》，最大的收获就是懂得如何答非所问。话音甫落，满座大笑。

翻翻《五灯会元》，这样的段子比比皆是——

> 僧问："如何是祖师西来意？"师曰："砖头瓦片。"
>
> 僧问："如何是祖师西来意？"师曰："十个指头八个丫。"
>
> 僧问："学人不问西来意，乞师方便指迷情。"师曰："霹雳过顶犹瞌睡。"

郭庄吃茶，借禅打趣。从学人雅事糗事说到学术八卦，从昂山素季说到张三李四王二麻子，吴亮大呼"庆祝无意义"。这处园林在杨公堤上，马路对面是一所部队疗养院，三十年前南北文学同人的"杭州会议"就在那所疗养院里举行，子平、吴亮等人都是那次会议的参与者。有人记得，当年的会议上，阿城讲青原惟信禅师“见山是山／见山不是山／见山只是山”的三般见解，子平讲俱胝和尚悟道的故事，皆出《五灯会元》。

俱胝和尚初住庵时不得道法，学者参问，无言以对。杭州天龙和尚教其一指头禅，却让侍奉童子学去，“每见人问事，亦竖指只对”。一日，俱胝问童子：“如何是佛？”童子竖起指头，和尚挥刀斩去，童子惨痛不忍，扭头便跑。和尚大声喝住，又问：“如何是佛？”童子举手不见指头，于是“豁然大悟”。

三十年前人心思变，文学之社会功用，作家之社会责任，写什么和怎样写，都是问题，前后左右皆入话语迷径。人人执念于一指头，子平禅师挥刀斩去，有道是“寂寞忘机者沉慧”。

说到如何求道，大珠慧海禅师有谓：饥来吃饭，困来即眠。行住坐卧，无非是道。

《周作人:中国现代性的另类选择》

[英]苏文瑜著,康凌译,复旦大学出版社 2013 年版

在许多学者心目中,周作人不仅是文学史人物,也是一位重要的思想家。当然,五四文学的启蒙意义着实重要,这使得那一代文学家几乎都戴上了思想者的面具。但这不等于他们真的都具有建构新思想的能力。其实,周作人就是一个被附加了许多"意义"的人物。英国学者苏文瑜(Susan Daruvala)特意为这位注重生活情调的美文作家写了一本书,将其作为中华文明发生现代性蜕变的一个标本(尽管称之"另类"),俨然向世人推出一位大思想家。

也许,作者看重的是周作人那种不今不古、不中不西、不左不右的文化站位。这一百年来的历史表明,革命话语和反革命话语都大有闪失,食古不化和食洋不化同样不合中国国情。那么,应该从哪里去找寻个人性、民族性和现代性的联结呢? 或者说,在世纪末轮番上阵的各

种理论面前,还有什么东西没有被斫伤呢?这样找下来就发现了一种另类存在,那就是所谓从传统文化脉络中导出的“逆传统”,作者在书中试图归纳为“过去的在场”。

本书的论述方式照例带有欧美学院派著作的含混与晦涩,还夹杂着大量言不及义的引述。然而,书中提出的问题却相当重要,那就是:历史悠久的中华文明究竟是否具有自我改良的内在机制,而在现代性语境中陷入焦灼的中国知识分子又是怎样设置文化复兴的大目标?作者以周作人作为一个具体的范本,试图阐述现代性话语建构的一个历史插曲。显然,晚明心性之学被视为周作人式基于个人情感的人道主义与自由主义的思想来源,于是从《吃茶》《雨天》之类小品文的写法推导出“建构新的民族认同”的宏大旨意,爬梳剔抉,微言大义,这里边似乎有着与“一个馒头引发的血案”相似的逻辑递进关系。知识,情感,信仰,乃至地域文化色彩,一切都被放大了,终于“超越了文化与历史的边界”。所以,作者的结论是:周作人通过使用传统美学范畴的自我表达显示了具有现代性的主体认同,这也是针对被“民族国家”所宰制的现代性的回应。

这里还触及一个更为深远的问题:宋明理学的内在分裂究竟意味着儒学复兴,还是这种统摄性的思想体系已开始走向解体?不过,作者并未耽于此中论证,而是相信一种古老文明必然有其自我更新的机制(援引 Ashis Nandy 的理论),干脆将晚明"性灵"之说作为人性觉醒之起点,从而铺展具有启蒙意义的历史叙事。本书还将周作人的现代性话语建构联系到京派作家(如汪曾祺)和二十世纪八十年代的"寻根派"作家,试图描绘出一幅抗衡所谓中国文化劣等性预设的美学自救图景。所有这些富于目的论设计意图的阐释,在当下中国知识界都可能会引起极大兴趣和争议。事实上,本书已经成为诸多争议性话语来源之一(其英文原著出版于二〇〇〇年),从国内某些学者探讨中国现代性思想来源的若干著述中亦可看到本书的影响。

作者思路好像过于开阔,涉及的话题比较散漫,以致学理上难免失于粗疏。譬如,将"寻根派"望文生义地扯到复兴传统文化的努力,显然是不了解二十世纪八十年代中国文学语境。在第四章的论述中，从蔼理斯一下子跳到了李贽和“公安派”，“性”与“心性”似亦夹缠不清。

二〇一五年六月十七日

原刊《书城》2015年8月号

闲书闲话(二)

《欧洲与中国》

[英]赫德逊著,王遵仲等译,何兆武校,中华书局 1995 年版

英国人赫德逊写的这本书,叙述十九世纪以前欧洲与中国交往的历史,对专治中西交通的学者或许是一本参考书,但一般读者亦可作为知识性读物置于床榻几案,其可读性不差于叙事散文。书中追溯西方人最初在向东方跋涉的那段历史时,特别强调希腊城邦文化中滋生的重商主义的开拓精神,是“神圣的贸易权利”使西方人在走近中国的过程中成了主动的一方。那些古老史实所包

孕的种种话题，很容易使人联想到二十世纪末的 WTO 谈判。

其实，自古以来，贸易也是中国人跟外部世界发生联系的主要纽带，汉唐以来的“丝绸之路”便是众所周知的例子，宋代的商舶自泉州、广州的港埠放洋远航，往来于东南亚和波斯湾之间。商人和老百姓并不愿意闭关锁国，而明清以前的中国政府亦鲜有海禁之蠢事，许多时候是地理空间阻隔了跟外界的交往。由于古代交通不便，同样也使西方很少了解中国。赫德逊的书里首先回溯到纪元以前，那时西方人对中国一鳞半爪的听闻，全赖商旅辗转传述。古希腊历史学家希罗多德曾据此推测从亚速海到东方的路线，一直排列到伊塞顿人居住的地区（今新疆准噶尔一带），再往前就不知道是什么地方了。伊塞顿人就是中国古书上所称的乌孙或月氏，当时这些游牧民族居住的地区并不属于周天子的地盘。希罗多德的空间想象已经进入了半个亚洲，还是没能神游到中国。

希罗多德之后的希腊化时期，亚历山大大帝远征波斯，使希腊人的居留地散布到西亚，将两河流域、伊朗和印度捏成一个与地中海各地互相交往的世界，却未敢越过帕米尔分水岭。亚历山大驻兵帕米尔二百多年以后，汉朝大将李广利横扫西域，这时希腊人早已远远撤过兴都库什山脉。真是两山不相遇。赫德逊于此大发感慨：如果没有这个时间差，让李广利碰上希腊军队，那就是中国跟西方的第一次正面碰撞。贸易之外，战争也是不同民族之间发生关系的一种方式，那便是以残酷的手段向弱者楔入异质文明。

西方对中国最初的认识，显然得自古代的丝绸贸易，自张骞通西域之后，到公元六世纪以前，这种生意一直做得很火。但是，由于路途遥远，从中国运抵罗马的丝绸要经过重重中介，中亚和西亚的许多商人从事着这种转手贸易。隔山买牛难以实现真正的沟通，所以“丝绸之路”并没有形成中国和西方的直接对话。有记载表明，早在公元一世纪末到二世纪初叶，也就是中国的东汉和罗马帝国的“黄金时代”，双方都曾试图建立直接的交往。赫德逊书中引述《后汉书·西域传》所述甘英出使大秦（即罗马）一事，有谓：

和帝永元九年(按,公元九十七年),都护班超遣甘英使大秦,抵条支。临大海欲渡,而安息西界船人谓英曰:"海水广大,往来者逢善风三月乃得渡,若遇迟风,亦有二岁者,故入海人皆赍三岁粮。海中善使人思土恋慕,数有死亡者。"英闻之乃止。

甘英遇海而返,是因为安息人存心阻挠两边的直接交往,向他隐瞒了通往大秦的陆路通道。而与此同时,罗马方面亦试图向东拓进。西方学者大多认为一位名叫马埃斯的丝绸商人至少越过了帕米尔高原,只是说不准他是否深入中国腹地。赫德逊书里特别指出,罗马人希望跟中国建立联系的心愿显然更加迫切,因为他们想把那种间接贸易变成直接贸易,甚至六世纪时,干脆想通过土耳其向东开辟一条更便捷的丝绸之路。可是罗马人万万没有料到,当他们把土耳其人笼络得差不多的时候,产自君士坦丁堡的丝绸竟源源不断地出现在自己家门口!原来早在半个世纪以前,东方的蚕种已经被人经印度偷运过来了,这使得罗马人的一切努力都成了多余。

历史就这么会捉弄人,刚要出现的一次机会又悄悄溜走。如此一再蹉跎,在几千年的漫长岁月里,中国与西方居然没能从直接的贸易往来中发展正常关系,而中国老百姓第一次认识西方,竟缘于一种罪恶的贸易——鸦片贸易,以及由此引发的一场战争。

赫德逊并不讳言,西方对中国的主动接触有时是以坚船利炮开路,充满霸权主义的血腥。所以,书中的若干论点多少带有一点道义上的忏悔意味,或许这是作者一再提示中国古代文明对西方世界如何产生影响的叙述动机。如果说,中国文化参与了欧洲文明的形成还是显而易见的历史事实,那么对儒家伦理思想的辩护则透露了作者对资本主义的价值反思。有意思的是,作者在写作此书的一九三〇年代初,似乎就已预见"全球化"的前景,面对不平等的发展态势,回视一种失落的文明,不由发出深深的喟叹。

《自达尔文以来》

［美］斯蒂芬·杰·古尔德著，田洺译，三联书店1997年版

一九五九年，时逢达尔文《物种起源》问世一百周年，欧美学术界掀起了一场沸沸扬扬的纪念活动。未料美国遗传学家H.穆勒却在大庭广众之下声称："这一百年没有达尔文也一样！"穆勒是诺贝尔奖获得者，影响甚巨，此言既出，自是舆论大哗。其实，穆勒的惊人之语只是一番慨叹，因为在他看来，这一百年来达尔文的进化论总是被人误解或曲解，而真正的理解似乎成了一桩难事。

问题在于，生物进化究竟是物质性的自然选择，还是如同上帝造物似的体现了某种精神预设目的？自从进化论诞生以来，人们在对这一理论的哲学阐发中注入了太多的神学观点乃至政治偏见，所以事情变得复杂了。好在七十年代末，一位后起的古生物学家S.古尔德怀着向公众澄清真理的心愿，写了《自达尔文以来》一书，从达尔文的基本理论说起，一直讨论到社会习见和某些政治观

念对进化思想的影响，批驳了种种作为政治偏见的生物学决定论，总算替穆勒吐了一口恶气。

古尔德本人是一位颇有造诣的科学家，不是通常所说的那类科普作家，可是他这本书写得相当通俗而有趣。其笔下所至，无论是专业学者颇感困惑的寒武纪生命“爆发”问题，还是生物物体的大小与形状，一切叙述都是那么生动、简明。这里，他用一种娓娓道来的散文笔调细说生物进化的历史掌故，把科学论述中常见的艰涩与枯燥撇到一边去了。不过，对这本书来说，可读性也许不是最主要的，书中关于进化论对人类生活和思想影响的讨论无疑是最令人感兴趣的话题。作者深深厌恶那些从扭曲达尔文学说的迷雾中衍生的“达尔文主义”和“社会生物学”，他清楚地意识到：从十八世纪胚胎学引申的谬见到十九世纪的颅骨测量学，再到二十世纪六十年代关于智商遗传率的似是而非之论，所有这些种族主义的生物决定论构成了西方历史上一个长期悲凉的故事。作者在维护科学的纯洁性与真理性的同时，几乎是怀着人文学者的社会良心与正义感。

书的扉页上有这样一句题词："献给我的父亲，我五岁时他带我去看霸王龙。"作者在成为科学家之后，并没有忘记他第一次观察恐龙标本的情形，后来总有一天他会想到，上帝没创造过那玩意儿。

《托克维尔回忆录》

董果良译，商务印书馆 2010 年版

一八四八年二月二十四日是法国七月王朝垮台的一天。托克维尔一早从卧室出来就撞上哭哭啼啼的厨娘，这女人刚从街上回来，语无伦次地向主人诉说卡皮辛内大街上军队枪杀平民的情形。托克维尔出门时，街上已空无一人，商店都没有开门。此时此刻，死一般的寂静让人感到心惊肉跳，因为巴黎两天前已开始陷入骚乱。托克维尔在回忆录中详细记述了当日的事况。这天上午他去了几位众议员府上，跟博蒙、雷米萨、科尔塞勒、朗瑞内、迪福尔那些左翼反对派磋商局势。前一天，路易·菲利浦国王解散了基佐内阁。

托克维尔接着写道:“我回到议会,议会根本没有开会。议员们像一群失魂落魄的人在走廊里走来走去,交谈着谣言,没有可靠的消息。这哪像议会,倒像群众赶集,因为没有人领导它了。”二月二十四日以后那几天,巴黎充满极度的恐怖,到处是路障和武装人员,托克维尔认为只有罗马遭遇汪达尔人和哥特人入侵时的情形可与之相比。

这部回忆录具有即时即景的现场感,一切描述都栩栩如生。议会大厅里,光身穿着一件旧礼服的布朗基兀然出现在讲台上,像是刚刚从下水道阴沟里钻出来,浑身带着霉味;造反分子涌入时,拉马丁从口袋里掏出小梳子梳理着汗渍渍的头发;阿弗尔广场上,流浪汉们朝国民自卫军的士兵高喊“改革万岁”,士兵们不情愿地回应道“改革万岁”;腰挎军刀的贝多将军被比诺元帅派去镇压起义者,却在街头发表安抚民众的演讲……

在这书里,托克维尔并非回叙自己的一生,所有的记述只是集中于有限的几个时间节点,主要是一八四八年的二月革命和六月事变,以及第二年他在第二共和国内阁出任外长的若干片段。他要向自己说明,革命到来时自己做了些什么,以及为什么要这样做。

然而,作者并不认为这是一场事先计划好的革命,那种鼓吹事先"密谋"的说法只是想编织一套镇压的口实。他写道:"革命是由人们精神的一种通病自发地产生的,这种通病突然在谁也不能预料的意外状况下把事态引向危机。至于所谓的那些革命策划者或指导者,实际上什么也没有策划,什么也没有指导。他们唯一的功劳,就像是冒险家发现了一大片不为人知的陆地。也就是说,风把你推到哪儿,你才能走到哪儿。"

那么,革命之风是怎么刮起来的?托克维尔在书里摘引了前一年为议会执笔的一份文件,其中写道:"……法国大革命废止了所有的特权,破坏了排他性的专属权,而只将财产所有权保留下来。……但在今天,财产所有权只是被打倒的贵族的最后残余,当它已经孤立无援地存在于平等化的社会之中,藏在也受到敌视和憎恨的其他许多权利背后的时候,它的危机就很大了。而在今天,每天受到民主舆论的直接的、不断的攻击的,也只是财产所有权了……”有鉴于此，托克维尔断言“我们正睡在活火山上”。

正因为担忧财产所有权和个人自由，托克维尔奋不顾身地登上政治舞台。其实，无论在七月王朝还是路易·波拿巴时期，托克维尔和他周围的那些人都只能在革命和反革命的夹缝中周旋。看上去，他们个个是叱咤风云的政治家，其实他们谁也不知道蹲在街垒后边的是敌人还是同盟者。那是一个十分诡谲的时刻，社会主义者、山岳派、共和派和自由主义者，谁也无法掌控大局，在几起几落的潮流中他们已统统颜面扫地。

《马克思1848年至1850年的法兰西阶级斗争》开篇就说：“除了很少几章之外，一八四八年至一八四九年的革命编年史中每一个较为重要的章节，都冠有一个标题：革命的失败！”但马克思认为，在这一连串失败中灭亡的并非革命本身，而是一些传统社会关系的残余物，即革命党在二月革命以前没有摆脱的那些“人物、幻想、观念和方案”。在马克思看来，自是革命得不彻底。可是托克维尔认为，“在对独立不羁精神的热爱之后，继之而来的将是对自由制度的恐惧,可能还有对这种制度的厌恶。自由被滥用之后,就必然要回归到原来的样子”。托克维尔的回忆中一再提示这种钟摆似的“反向运动”。

显然,六月事件是一个关键。托克维尔认为,是六月起义导致了后来路易·波拿巴的政变,使法兰西由共和直接走向专制。但马克思认为,根子在于对六月起义的镇压。

《思旧录》

收入《黄宗羲全集》第一册,吴光等点校,浙江古籍出版社 1988 年版

明代读书人与清儒迥异,不独学理学风几无近者,做人的趣味也相去甚远。明之儒者如吴康斋、陈白沙、王阳明辈讲究身体力行,人生或有鸢飞鱼跃之精彩瞬间。往后王畿、王艮、颜钧、李贽等渐流于跅弛,学术与性情更无以分别。在谨守规范的清代学问家们看来,那种类似“行为艺术”的做法也实在令人瞠目。至天启、崇祯间,君子小人门户分明,士林同气相求,交游结纳之风益盛。梨洲

晚年手订《交游尺牍》，自言："束发交游，于当世之名公巨卿，鲜有不抠衣进谒者。"可见其人脉之深，声气之广。又作《思旧录》，追述早年交游，是谓"其一段交情，不可磨灭者，追忆而志之"。书中列刘宗周、文震孟、范景文、张溥、钱谦益、瞿式耜、张煌言、顾炎武等一百一十七人，各具述传状。其中师尊长者十之二三，余多侪辈俦匹亦皆前朝名宿。

从《思旧录》开出的这份名单看，黄宗羲的社交圈子大抵不出东林、复社一脉。如刘宗周、文震孟、范景文、倪元璐、钱谦益、方震孺、朱大典、徐石麟那些人，都是上了"东林党人榜"的；而张溥、张采、陈子龙、吴应箕、杨廷枢、陈贞慧辈，乃复社中坚。另如大名鼎鼎的陈继儒，则是东林一派的同情者。其实，梨洲的父亲黄尊素就是东林核心成员。天启间，尊素与杨涟、左光斗等疏劾魏阉，因遭忌恨，均下狱坐毙。有此家庭背景，梨洲自幼即具爱憎是非之慨。作《思旧录》之时眼见大势已去，追怀国难尽节或从亡海外之士，心境亦自悲凉。想当日投缳、坠井、饮鸩、自焚，各个慷慨赴死，如此决绝惨烈，委实感天动地。

有记余煌一则，谓绍兴城破之日投水自尽，身体在漩涡中沉下去又浮上来，“出没久之，犹举首曰‘忠臣难做’，复力沉而死”。梨洲绘述其状，如在眼前。

清兵南下之际，梨洲亲身参与抵抗，跟从鲁王辗转海上，流徙中感触亦深。其述吴钟峦于舟中率生员行冠礼一节，读来颇有风啸啸之肃穆意味。又谓：“觞余于鲸背之上，落日狂涛，凄然相对，但觉从古兴亡，交集此时，何处容腐儒道得一句……”人物与景状，历史之悲情，尽在其中。此等文字不在韩柳之下。梨洲怀人思旧，自有存其性情品格之意，如写陈龙正之迂阔，卓人月之豪爽，寥寥数语，声色俱在。写梅朗中一则，略叙早年相遇南都之事，秦淮名士之倜傥风流可见一斑，如云：

> 夜半鸟声聒耳，朗三推余起听曰：“此非喧鸟覆春洲乎？如此诗境，岂忍睡去！”薄暮，出步燕子矶，看渔舟集岸，斜阳挂网，别一境界。有言某家多古画，余与朗三往观，二更而返。月明如昼，复上酒楼沽饮。

明亡以后，每忆前尘往事，梨洲犹自恻恻。记倪元璐亦追忆其园林竹海，仅“磨有声”三字就是一幅画面，而“先生殉节以后，余再过之，其地已为瓦砾矣”。

早年朋辈相遇，观摩图书乃一大乐事，梨洲叙述令人神往。如写祁彪佳一则：“入公书室，朱红小榻数十张，顿放书籍，每本皆有牙签，风过铿然。”又记梅朗中：“戊寅，余登其家三层楼，禹金读书之所也。古木苍然，下临古冢……”记孙爽：“桑间败屋，图书精致，吟咏自如。”记张溥：“天如好读书，天姿明敏。闻某家有藏书，夜与余提灯而往观之。”

入清后，既为遗民，大家日子都不好过。如说到余增远：“改革以后，居城南破屋，床头屋漏，则以鳖甲承之，担粪灌园，似老农家……”又写汪沨：“改革后，不入城市，寄迹于僧寮野店。”其惨状更甚，“己亥，笑鲁迎余及魏美至其庵中，夜月甚明，笑鲁以卧榻让我两人，止有一被，五更不胜其寒，魏美与余贴背相磨，少取煖气。”

明人确有性格，而《思旧录》中的人物也多具信念，可是明朝还是亡了。何以如此，不是三言两语所能交代。梨洲援笔为文之际，脑子里大概也还未能转过弯子（情感上很难接受明亡的事实），更未能就士者之人格形态检讨儒家礼法之弊。有道是"此情可待成追忆，只是当时已惘然"，士大夫对于自身文化品格的过度崇尚，大抵是明亡的原因之一。然而，也许正是怀着情感而不是理路上的反省，兵燹之后的幸存者才有这般让人心酸的文字。

《文学讲稿》

［美］纳博科夫著，申慧辉等译，三联书店 1991 年版

纳博科夫在康奈尔大学执教那几年，开过一门"十九世纪和二十世纪欧洲小说大师"的课程，那是一九五〇年前后。后来他曾打算将那些讲稿整理成一本书，可始终没顾得上这事。纳氏去世后，由弗莱德森·鲍尔斯（Fredson Bowers）编辑的两卷本《文学讲稿》（Lectures on Literature），分别于一九八〇、一九八一年问世。中译本《文学讲稿》即其中第一卷，第二卷专讲俄罗斯作家，中

译本称《俄罗斯文学讲稿》。鲍尔斯还整理了纳氏后来在哈佛大学访问期间的《堂吉诃德讲稿》，于一九八三年出版。

这里只说《文学讲稿》。书中依次分析了七位欧洲作家的代表作：一、简·奥斯丁《曼斯菲尔德庄园》，二、狄更斯《荒凉山庄》，三、福楼拜《包法利夫人》，四、史蒂文森《化身博士》，五、普鲁斯特《斯旺宅边小径》，六、卡夫卡《变形记》，七、乔伊斯《尤利西斯》。这个目录绝非无可挑剔，史蒂文森的名字搁在里边未免有些碍眼。纳博科夫最初斟酌选目时，曾写信征求大评论家埃德蒙·威尔逊的意见，后者坚决认为应该把史蒂文森拿掉——“史蒂文森是二流作家，我不懂你为什么这么喜欢他。”

显然，纳博科夫与威尔逊在审美观念上有着不小的分歧，厄普代克为本书撰写的前言中特别说到这一节。譬如，奥斯丁最初竟不在目录中，纳氏坦率地说：“我不喜欢简，事实上我对所有的女作家都抱有偏见。她们属于另一类作家。怎么也看不出《傲慢与偏见》有什么意义……”但威尔逊认为狄更斯和奥斯丁二人是最伟大的英国小说家，而且“无与伦比”。在另一封信中，威尔逊建议他读读《曼斯菲尔德庄园》，并强调说奥斯丁是六位最伟大的英国作家之一（其他五位是莎士比亚、弥尔顿、斯威夫特、济慈和狄更斯）。看来，最终确定的目录是纳博科夫与威尔逊意见的勉强折中。

然而，奇怪的是后来纳博科夫对奥斯丁的看法几乎是一百八十度的转折，他不但在课堂上开讲《曼斯菲尔德庄园》，甚至还让学生们去阅读书中人物提到的那些作品（那可是一长串的书目）。即便在“新批评”理论家倡导文本细读的一九五〇年代，这种延伸性阅读也显得过于细苛。这事儿若是出现在博尔赫斯笔下，准是一个头脑冬烘的搞怪教授，让学生去阅读作品中人物提到的作品中的人物提到的作品中的人物提到的……以致弄出一个“书中书”“镜中镜”的无限衍生的文本。

纳博科夫坚持要讲史蒂文森，可能是出于自己的喜欢，这不难理解。对于那些擅长推理性想象的作家，他有一种偏爱，比如爱伦·坡、儒勒·凡尔纳、柯南·道尔和威尔斯。可是，难道他真的是重新认识了奥斯丁，发现了她的伟大？这可不好说。

埃德蒙·威尔逊的意见恐怕是一个不可低估的因素，很难说当初纳博科夫是怀着怎样的心情认领了奥斯丁。一九六七年他接受《巴黎评论》采访时，谈到与威尔逊的关系，他只提到二十年前他们一起为《新共和》杂志翻译普希金诗歌的事，说着又补充了一句，"去年他竟敢质疑我对《叶甫盖尼·奥涅金》的理解，真是愚蠢至极。"对于艺术理解的分歧，竟让纳博科夫斥之"愚蠢至极"，这表明他们早年的友谊已不复存在。当年威尔逊质疑他对史蒂文森的欣赏，也许还让他耿耿于怀。

纳博科夫初来美国时自然要为生计着想，他先是在卫斯理学院找到一份讲师教席，同时在哈佛动物博物馆兼任昆虫学研究员（这种"研究员"并非高级职称），因为他没有高级学历，在美国的大学里很难获得稳固的学术地位。他能够来康奈尔大学执教，是该校拉丁语系主任莫里斯·毕晓普特别欣赏其才华的缘故。至于开设欧洲小说这门课程，是因为他的俄文班学生人数太少，所以被指定另开一门英文课程。当然，这种为稻粱谋的教书生涯并非意味着他讲课不花心思，事实上从这部讲稿来看，他投入的精力相当不小。

只是，这部《文学讲稿》并不像许多学者和文青所推崇的那么有价值。

纳博科夫的讲法是将作品像拆卸机器似的全都拆开，时间，空间，人物关系，再是一桩桩事件，一个个主题变换……照他自己的说法，“一个读者若能了解一本书的设计构造，若能把它拆开，他就能更深刻地体味到该书的美”。比如，他举述奥斯丁用四种方法刻画人物：一是直接描写（穿插着作者的冷言妙语），二是用人物对话来刻画人物性格，三是通过间接引语（人物对话被间接提及或部分引用）刻画人物，四是提及某个人物时就模仿那人的原话（他承认这一手法用得很少）。这些只能说是小说创作的一些基本手法，尤其前边两条任何小说都少不了，第三条也常见，如果说第四条才是独门暗器，可是用得很少也很难说是一种特色。按照这一二三四的解剖要领，纳博科夫将整部小说从头至尾拆了个七零八落，却并没有给读者某种特别的启示。因为讲述得杂沓而琐碎，很少表现出某种审美趣味，其他各章的讲法虽不尽相同，但基本上也是大学教师分析作品的常规套路。当然，这不能怪他，通常的课堂教学就是这样，他首先要考虑如何用书中的事例拴住学生的思绪，好把时间打发过去。

又如，在卡夫卡一章里，纳氏先是饶有兴味地分析格里高尔变成的甲虫究竟属于哪种昆虫——不是某些注释者所说的蟑螂，也不是书中女仆形容的蜣螂（屎壳郎），而是一种属于鞘翅目的圆顶状甲壳虫。这里，纳博科夫充分显示了自己作为昆虫学家的专业优势。他认为，无论格里高尔还是卡夫卡都没有意识到这一点。然后，他把《变形记》分解成三个部分二十七个场景，整个儿复述了一遍。家庭的主题、门的主题、时间的主题……还有数字“三”的主题：房间里的三扇门，家里的三个人，前后出现过三个用人，来了三个留胡子的房客……终于发现了一大堆似是而非的象征意义：三位一体，三连音，三和弦，三联画……，最后又扯到小说的三幕剧形式，好像从机器上拆下三个曲轴，就能证明上帝造物的旨意。

当然，纳博科夫的机智是不用说的，他概括奥斯丁风格要素的几段话，足以让认真做笔记的学生忙乎个不停。譬如，借用象棋术语“马头棋步”归纳范妮的情感偏转，还有他称之“带笑靥的句子”的暗讽手法，还有所谓“警句式语调”……不过，他转过来又说，这种风格并不是奥斯丁的发明，甚至也不能说是英国人的发明，他认为这种风格缘自法国文学，是那个时代的时髦文风，奥斯丁只是把这一手玩得炉火纯青而已。说到底，他并没有说出奥斯丁的风格是什么，奥斯丁的重要性在哪里。

在这部篇幅不小的讲稿中（中译本有三十三万字），当然不能说完全没有纳博科夫自己的灼见。如乔伊斯一章里，他说到莫莉·布卢姆的平凡、粗俗，特别指出“她能够对生活中肤浅的可爱事物表现出丰富的情感反应”，这样的评论才真正让人明白什么是小说家的艺术感觉。又如，在福楼拜一章里，说到爱玛也有一段精妙的概括：“她的风韵、聪颖、美貌，她那漫无目的的智慧，她的想象力，她偶尔流露的温柔体贴，以及她小鸟般短暂生命的悲剧式结束，这一切掩盖了她的鄙俗。”还有狄更斯一章，他特别提示小说修辞的“重复”手法。纳博科夫自己是很有创意的小说家，对别人的手法自然洞若观火。但是作为教案，这些局部和细处的妙意都显得无足轻重，因为在纳氏看来，重要的首先是要解剖一个构造，讲解机器零件以及零件的材质与功用，等等。

二〇一五年六月二十二日

原刊《书城》2015年10月号

闲书闲话(三)

《牧斋初学集》(全三册)

钱仲联标校,上海古籍出版社 1985 年版

《牧斋有学集》(全三册)

钱仲联标校,上海古籍出版社 1996 年版

这两部诗文集是钱谦益的主要作品,标校本各三册,煌煌六大本,约二百万言。《牧斋初学集》是入清之前的文字,《牧斋有学集》乃桑海以后所作。两书编次大体为诗、序、记、墓志、碑文、传状、书札、题跋、赞偈、杂文等。前者除上述各体之外,尚有《太祖实录辨证》《读杜小笺》

两种;而牧斋晚年息心空门,后者辑入与僧人交往的文字明显增多。

钱氏作诗模拟老杜,学杜诗沉郁顿挫,却总是欠缺一种感觉,很少有出新出奇的喻象。其诗不如陈子龙、吴伟业,亦不如以后吴兆骞、陈维崧数辈。如《夏五诗集》之《西湖杂感二十首》,其二云:

> 潋滟西湖水一方,吴根越角两茫茫。孤山鹤去花如雪,葛岭鹃啼月似霜。油壁轻车来北里,梨园小部奏西厢。而今纵与空王法,知是前尘也断肠。

其中多袭前人诗意,无非黍离之叹,而“花如雪”“月似霜”当属滥俗之譬。陈寅恪《柳如是别传》论及此诗,为印证钱氏失节后之“复明”心态,有谓“真可令人断肠也”,未免强说之论(史家论诗或另具法眼,陈氏对牧斋别行于世的《投笔集》诸诗评价更高,誉之“实为明清之史诗,较杜陵尤胜一筹,乃三百年来之绝大著作也”云云)。平心而论,钱诗实较庸常,实如前人所说,“志气衰飒,每一执笔，不胜山河陵谷之感。虽复敷衍成篇，亦往往如楚人之吟，楚囚之操，鼠忧蚓泣”（周中孚《词苑丛话》）。

不过，钱氏毕竟学殖富厚，文章堪称大家。倘若不是做研究，诗集以外各体文章更可玩习，尤其是序、记、书札、题跋和杂文。两书中尽管有大量赠序、寿序、墓表、碑文等应酬文章，读来却也不落俗套。如《牧斋初学集》卷六十七《瞿太公墓版文》：“余年逾壮，与瞿子元初读书拂水山房，鸡鸣风雨，篝灯刻烛，往往为余道其家世及其祖太公事行……”以平实言语引入幽眇之境，自有一种趣味。又，卷八十三《戏为广陵张李二生小像赞》谓：“吃张公之酒，难辨醉醒；戴李家之帽，孰分尔我？”寥寥数语，声貌俱见，戏谑中倒也见得一副好性情。牧斋做这类文字绝没有套话和固定格式，摹述主人之行状、神态、言谈謦欬，生动已极，且引类取譬，辄有会意。如顺治十二年所作《赠别施伟长序》，开篇即引陈亮与辛弃疾“抵掌纵谈东南形胜”之故实，继而揣测司马徽、庞德公和徐庶三人为诸葛亮作三分筹策，借“班荆画灰”之历史记忆，想象施氏串联东南之使命。牧斋叙事多于细节上用心，追求犁然在目的效果，如云："今年中秋，栖虎丘石佛院，僧窗隐几，日抄《首楞严》数纸。吉州施伟长，不远千里过访，映门窥之，须眉落落照人……"竟有东坡笔墨韵致。

不过，牧斋此类应酬文章亦有托人代笔者，如临终前为顾姓盐运使作文三篇，乃由黄宗羲操觚，事见黄氏《思旧录》、王应奎《柳南续笔》。二书所记略同，本来是托付王应奎外曾祖父陈式，但陈式写出后牧斋看了不满意，恰好黄氏来访，被锁在书房内限时交稿。牧斋晚境凄凉，以卖文为生，求稿的盐台大人出价甚高，他自知去日无多，这笔酬金正好料理自己后事。然而，即便是鬻文营生，牧斋亦并不敷衍主顾，黄宗羲是当世一流作手，倒也很对得起人家。这事情恰恰说明，钱氏于文章一节有着极高的标准。不过，他终归是明白人，这种倩人代笔的文章并不收入自己书中。

牧斋最擅书序和题跋。书序按说亦是应酬应用文字，此中高下却判若云泥，尤其今人笔墨绝难与之比肩。加诸图书和书画作品的题跋，是宋代以后兴起的特殊文体，明清文人多借以展露风雅才情，牧斋于此则更有心性之见。如《牧斋初学集》卷八十六《跋雪浪师书〈黄庭〉后》一则：

> 余少习雪浪师，见其御鲜衣，食美食，谭诗顾曲，徙倚竟日，窃疑其失衲子本色。丁未冬，访师于望亭，结茅饭僧，补衣脱粟，萧闲枯淡，了非旧观。居无何而示寂去矣。师临行，弟子环绕念佛，师忽张目曰："我不是这个家数，无烦尔尔。"嗟乎！师之本色如此，岂余向者号嗄儿童之见，所能相其仿佛也哉！读师所书《黄庭经》，当知与五千四十八卷一切法宝等同无异。虽然，作如是观，所谓又是一重公案，非师本色矣。

不足二百字的跋文写出一种超然物外的风神，言语直截了当，亦颇具禅意。

《牧斋初学集》和《牧斋有学集》里还各有一篇两汉书的题跋，对照读来就是一个有趣的故事。其前跋记述这套家藏宋版书之由来，"赵文敏家藏前后汉书，为宋椠本之冠，前有文敏公小像。太仓王司寇得之吴中陆太宰家。余以千金从徽人赎出，藏弆二十余年”。及崇祯十六年，竟忍痛割爱鬻之谢三宾（象三）。据陈寅恪《柳如是别传》考证，卖书是为修建绛云楼亟须用钱。牧斋描述“殊难为怀”之心情，竟比之李后主去国“挥泪对宫娥”云云。后跋更有戏剧性，顺治十五年钱氏游杭州，时任浙江左布政使的张缙彦（坦公）拿来一部宋版书请他鉴别真赝。竟是当年自己手里出去的两汉书，一时看得两眼发直。劫火之后，其绛云楼藏书已流失殆尽，牧斋痛言如今吴中所剩数家藏书“不足当吾家一片羽毛”。想起当年谢三宾趁机压价，不由以“书生饿眼见钱”之语大加讥讽。抚今追昔，直是感慨不已，“司马家插架万签，居然为压库物矣”。甲申事变最后时刻张氏正是兵部尚书，此际牧斋仍以“司马”见称，亦殊可玩味。像这样的书跋，有故事更有一种心情。

《四库全书答问》

任松如著，上海启智书局 1928 年版

作为一种知识入门读物，这本书采用问答体是很方便的形式，全书开列二百五十八个问题，四库全书方方面面的知识点几乎包括在内。其中包括：四部分类原则及四库全书之来由，四库馆人员职事及运作方式，四库馆采用书籍之来源（敕撰本、内府本、各省采进本、私人进献本、通行本及永乐大典本），四库全书对各书原本如何芟夷增改，四库全书为什么采用钞本形式，为什么又有聚珍版，近世以来四库各阁毁存情况，四部各类子目分属原则及相关问题，各类子目主要收入哪些书，各部各类著录和存目之数，等等。

每一类问题都可能扯出一些衍生话题，比如说到文渊阁和其他各阁乃仿照或参照范氏天一阁形制建造，接着就引入了两个问题：范氏天一阁构造如何？天一阁之历史如何，何以能保存如是之久？说到四库馆人员组织，便联系到其中是否有著名学者与著述家，馆员中除汉人满人之外是否还有外族人、外国人。又如，在介绍史部时，分别列出编年类、纪事本末类、别史类、传记类和杂史等。可谓枝蔓横生，牵涉面甚广。

说到四库馆办理采书之事，引出一个极重要的问题，就是“对于不收各书如何办理”，于是联系到乾隆时的文字狱。作者认为：“四库馆开，表明以修书为务，实际以焚书为重。故搜查抵触清朝或违碍清朝或与清朝主张不合各书，几为其主要目的。”书中列表标示各种销毁书目及种数，以及哪些人的书应予销毁。附有乾隆四十三年和五十三年两道上谕，对如何收缴、查禁“违碍之书”“不经之书”俱有明细规定。作者还专门列出“四库馆修书期内文字狱一览表”，其中包括销毁屈大均诗文、遣戍吕留良孙子等十三起事件。

作为一项政府文化工程，四库全书正可谓集中力量办大事，自是举国体制优势所在。只是因为皇上的雅好，煌煌一阵风光之后，却坑苦了一班读书人。且不说相偕而来的文字狱造成的恐惧，至少撇下了一大堆偏是让后人耗神的“知识”话题（文献学？版本目录学？八卦谈资？）。这种复制与繁衍不可能产生真正的文化增值，倒是带来种种记忆负担。

这套大书本来就不是要给读书人带来方便（修纂的初衷就是束之高阁，所谓“北四阁”“南三阁”，说不定就成了高考试题）的，虽说如今各种影印本和光碟已铺天盖地而来，其实只是满足某种知识装饰需求。严肃的学者对四库本向来持有谨慎态度，未敢在自己的著述中轻辄引用，因为搞不清楚那里边删削了多少东西。这里说句题外话，同样是政府工程，四库全书跟宋初敕编“四大书”就完全不同，历史背景不一样，文化语境更是天差地别。《册府元龟》《太平御览》《太平广记》和《文苑英华》规模远远比不上四库全书，却都是可用之书，至少保存了许多亡佚的珍籍和史料。

如果要进一步了解四库全书相关“知识”，郭伯恭所著《四库全书纂修考》（北平研究院史学研究会 1937 年版）也是一种不错的参考读物。任、郭二书均有近年新出的本子。

《化学的历史背景》

［美］亨利 · M · 莱斯特著，吴忠译，商务印书馆 1982 年版

莱斯特教授的这本书写于一九五六年，那时候生物化学虽说已进入体系性研究阶段，但是由于相关的分子生物学尚处起步阶段（已经有了基因和酶的学说，刚刚发现 DNA 的反向平行双螺旋结构），化学生理学的作用原理只是才打开了几扇门窗。如今国人热议的转基因话题，那时顶多只是少数科学家的前瞻性构想。或许从某种意义上说，这里所涉及的大抵只是这门科学的前史，甚至追溯到前史的前史。

十六世纪以前，化学还谈不上是一门科学。在一个很长的历史时期内，人们对化学反应的认识是跟炼金术搅在一起，所以作者用了整整三章篇幅分别叙述希腊化世界以及中国和阿拉伯的炼金术。中国人所谓点石成金，在其他文明中也有着相似的故事，显然一切都基于金属衍变的可能性，这种谵妄之念竟是化学思想的直接来

源(不啻说地沟油将引领美食革命)。同时,亚里士多德关于万物趋向完善的哲学臆测鼓舞着大批江湖术士,而中国人企望脱贫致富和希冀长生不老的心念则合力打造超凡入圣的同一个梦想。这中间自然伴随着烘焙、煅烧、蒸馏等技术手段的无穷折腾。一八八五年以后在莱顿和斯德哥尔摩发现的纸草书载有公元三世纪的工匠秘方,其中就有若干化合物的制备方法。虽说未能从普通金属中提炼出黄金,炼金术士们却歪打正着地推开了实用化学之门,并发明了蒸馏器、熔炉、坩埚、烧杯、过滤装置……所有这些化学实验器具。莱斯特教授将这一阶段的成果归结为希腊哲学和工艺技术结合的产物。

尽管书中认为"中国的炼金术思想可能通过许多渠道传到西方",以至推动西方实用化学的发展,可遗憾的是它并未催生本土的科学思想,《参同契》《抱朴子》描述的炼金活动终究只能堕入神秘主义的巫术妖法(包括《太平广记》收录的丹灶之事都显得过于虚幻)。不过,苏辙《龙川略志》、何薳《春渚纪闻》的一些章节就很像是纪实笔墨。其中说到点茆、煅朱、干汞诸法,还有若干操作细节，说得有鼻子有眼。可见对于此般秘术，不少士夫文人亦宁信其有。但耐人寻味的是，这些古代笔记并非强调某种“实有”之经验，反倒借苏东坡的故事赞美“知而不为”的超然态度——很难参详这是一种哲学理念还是叙事策略。

炼金术之后，继而由矿冶与药剂行业推动化学发展，实用工艺学的书籍开始大量出现。在十七世纪初，化学思想已略具雏形，书中介绍说：“此后的二百年间，药剂师或受过制药训练的人在化学上做出了很多重要发现。这一情况在欧洲大陆上尤为明显。在英国，则是由另一类型的探索者，即科学的业余爱好者，推动了化学的发展。”从让·贝奎恩、约翰·格劳伯、范·赫尔蒙脱等人的实验报告中可以看出，那一时期化学家们对于物质的基本结构各有自己的一套说法。罗伯特·波义耳的“微粒哲学”确立了元素的最初的概念，可是他却相信通过基本微粒的重新排列可以让一种物质变成另一种物质，这又回到了炼金术的老路上了。事实表明，科学总是伴随着谬误一同前行，比如影响甚巨的“燃素说”就是一个极好的例证。

十八世纪末叶,当化学思想空前混乱的时候,是法国人拉瓦锡清理了这堆乱麻,奠立了现代化学的基础,这一过程通称化学革命。拉瓦锡创立氧化说以解释燃烧等实验现象,改进定量分析方法并用以验证质量守恒定律。他提出规范的化学命名法,撰写了世界上第一部现代化学教科书《化学概要》。说来此人竟是业余科学家,按中国时下舆情这类人物被讥称为“民科”,其实大名鼎鼎的波义耳、卡文迪许也都是业余玩家。作为有钱的贵族,拉瓦锡另有生财之道,他的研究在当时并不能转化为生产力,还耗去大量时间和精力(据说他在各种公益活动中投入更多)。可见这其中有一种纯粹的精神动力,纯粹的追求知识的欲望。

托克维尔一八三一年考察美国时特别关注社会形态对于智力活动的影响,他思考过这样一个问题:为什么美国人在科学方面偏重实践而不关心理论?(连一个普通力学定律都不曾发现的美国人,却造出改变世界航运业的船用锅炉。)而欧洲的情况正好相反。他举述一生都在追求最优智力成果的帕斯卡尔，认为其科学热情源自贵族社会的优越感和荣誉观念。而在当时的美国，科研活动只是受现实利益支配，这使得人们甘居中等的智力活动。(《论美国的民主》下卷第一部分第十章)用这样的眼光去看，化学的历史背景中就透出斑斓驳杂的文化底色。中国人自诩“知而不为”，美国人满脑子实用主义，然而对欧洲人来说，最重要的是认识世界。莱斯特的化学史叙事多少隐含着托克维尔这一命题。

其实科学家难以真正认识这个世界。譬如，当化学革命遭遇社会革命，那会是一种什么情形？革命或许就是当量置换，科学发展本身恐怕也是。人们往社会这个大烧杯里不断加入各种溶剂，什么事情都可能发生。莱斯特的书中顺便提到，在法国大革命风潮中，拉瓦锡因其贵族身份和承包税收的职事成了革命对象，被送上断头台，那年他才五十一岁。有人说是雅各宾派领导人马拉跟他结了梁子，马拉写过一篇论证火是元素的论文，企图借此入选法兰西科学院，正是拉瓦锡把他给否了。人们希望法官念及拉瓦锡的科学贡献放他一马，革命法庭断然宣称“共和国不需要科学家”。

可是在科学家被奉为神明的今天，人们对化学的基本认知是三聚氰胺和邻苯二甲酸盐。

《倪元璐年谱》

［清］倪会鼎撰，李尚英点校，中华书局 1994 年版

倪元璐是明末重臣，历官国子祭酒、兵部右侍郎、户部尚书，李自成攻入北京时自缢，死后谥文正。《明史》本传称其“雅负时望”，其实此公每每居于风口浪尖。

此书原名《倪文正公年谱》，撰者为元璐长子倪会鼎，叙事多着眼于表现谱主之狷介气质和凛然大义，其余事略自有裁剪。

年谱凡四卷，各卷时间跨度很不匀称，但以仕宦沉浮为分际，这样的安排亦颇妥当。

卷一，自万历二十一年（一五九三年）出生，至崇祯六年（一六三三年）担任经筵讲官，其间包括从科场到入仕初期的经历。元璐自幼聪颖，五岁始习《毛诗》，会作对

子。冬日围炉烤火，其父命“红炉白炭”，对“黄卷青灯”，应声立就，不假思索。十七岁，以乡试第一，名声大噪。小小年纪已著有《星会楼稿》，“盛传国门，市人因之贾利，摹印至三万余板”。但元璐科举之途并非顺利，万历三十八年、四十一年、四十七年，三次会试皆不第。到这时，任是神童亦须从头苦读，日夜刷题。年谱谓之：“多拟场题，分笺列壁，笺各七题，日抽一笺。伏而思之，义句皆备，则焚笺引满，不形笔墨。”直到天启二年（一六二二年），元璐已是第四次公车至都，才算走出这一艰难历程。元璐入仕之初，即已介入东林党争。天启七年，元璐主持江西乡试，以“皓皓乎不可尚已”命题，借此抨击阉党给魏忠贤建生祠之事，其胆大如此，“人为咋舌”。巧的是撤棘之日魏珰恰被劾究，总算幸免于祸。崇祯元年正月，上疏弹劾崔呈秀等魏党，奏毁《三朝要典》，大有拨乱反正、摧陷廓清之功。

卷二，崇祯七年（一六三四年）至九年（一六三六年）二月。前一段为春坊日讲官，后一段迁国子祭酒。元璐显然不满足于伺候太子读书，屡求归省，上意不许。又一再上疏,侵讥政府,妄议大政方针,上竟不问。崇祯驭国的方针是,东林与阉党兼收并蓄,让君子小人互相死掐。元璐提出一系列改革弊政的方案,却没有看到这个国家实已无可救药。元璐在国子监只是半年,拟议改革太学贡选、教法、考试等制度。“既思树人大计,事在辟雍……于是慨然以教育英才为己任。”国家内外交困,元璐消磨在闲职上很是无奈。

卷三,崇祯九年四月因首辅温体仁排挤元璐去位,登车归上虞故里,此后在乡闲居七载。十四年、十五年,两浙大饥,此卷以多半篇幅记述主持地方赈灾之事。其实,元璐乡居生活有一项重要内容,就是治园。年谱提及此事仅寥寥数语:“府君性好山水,不乐广厦,以城南雅僻,有绿畴碧水,举目南山,故卜筑于此。”黄宗羲《思旧录》写倪元璐一则,专门叙及“先生颇事园亭”之雅好,连墙壁门窗皆用上品徽墨调以朱砂涂刷。甲申之后,黄氏再过,“此地已为瓦砾矣”,不能不大发感慨,“此亦通人之蔽也”。

卷四,崇祯十五年(一六四二年)十月诏起兵部侍郎兼翰林侍读(《明史》本传谓“明年春抵都”),十六年五月超拜户部尚书,直至十七年(一六四四年)三月十九日李自成破城。元璐受命于危难之中,短短一年之间,作为崇祯的肱股大臣,已是焦点人物。其实,恰是在这个位置上,暴露了元璐这类读书人的通弊。元璐对时局最有影响的就是所谓“纳银卖钞”之举。当时朝廷财力匮绌,元璐属下本部司务蒋臣提出印发纸币套兑银子的馊主意,以为救命稻草。年谱于此多有袒护遮掩之笔,将拟行钞法之事完全归咎于崇祯。当时由于钞纸所需桑穰等原料一时难以采购,发行钞币自是不了了之。于是又在铜钱上打主意,就是回笼小钱熔铸大钱,结果是大钱亦成小钱。元璐研究通货已久,却不懂什么叫通货膨胀。清人徐秉义《明末忠烈纪实》写到倪元璐一节,有称“民甚患之,至欲食蒋臣之肉”。

倪元璐在户部搞得一塌糊涂,辅臣蒋藻德在皇上耳边给他打圆场,谓“(元璐)才品俱优,但起家词林,钱谷终非所长,请有以易之者”。于是以原官重操讲帷。说来奇怪,元璐怎么会给皇上造成一种懂经济的印象呢?大概是一向喜欢谈论钱谷与边备之事（到头来他户部、兵部都干过）。崇祯八年，李自成陷凤阳，局面大坏，元璐上疏改革赋税，提出除军需物品，其余一切改从折色（即折为银钱）。其谓“国帑之财，时与民间流通”，确是一种新思路。可见元璐于通货一事睽睽已久。

二〇一五年十月二十六日

原刊《书城》2015 年 12 月号

闲书闲话(四)

《穷途,墨路》

[美]保罗·奥斯特著,于是译,浙江文艺出版社 2014 年版

保罗·奥斯特是一九六八年校园风潮的一代人,当时他在哥伦比亚大学念大三,身边的哥们儿都投身革命了,他作为学运同路人并没有陷得太深,不过 FBI 公布的十大通缉犯中跟他有瓜葛的竟有七个。第二年他在酒吧里认识了《巴黎评论》创始人之一 H.L.休姆博士。那家伙逢人就撒钱,异想天开发起消费革命,区区一万五千美元就想搞垮资本主义经济体系……奥斯特年轻时尽遇上这

样的怪人，弄得自己脑子里也有些想入非非。当然，他丝毫没有改造社会的野心，只是想当作家，以为生活应该在别处。为此，他放弃哥伦比亚大学研究生课程，到埃索公司油轮上去打工。后来揣着三四千美元跑到巴黎去了……

早年浪迹江湖那些故事都记述在《穷途，墨路》(Hand to Mouth)这本书里，他在巴黎做过报社夜班总机接线员，在电影圈里打工，临时客串会议同声翻译，还替越共翻译文件。有趣的是，他总会碰上各种各样的怪咖，曼哈顿的落魄富少，巴黎的 × 夫人和 × 先生，波兰流亡作家科辛斯基……这中间夹带着大量令人发噱的细节。没有固定职业，主要靠临时性文字工作糊口，结果是每天都在想着钱的事，这是一段格外艰辛的写作之路。一种穷愁潦倒的另类人生，伴随着一个美好的梦想，倒未尝没有某种特别的励志情调。

在作家自传和回忆录一类书籍中，奥斯特这一本最少涉及教育与思想成长问题，因而也没有任何现身说法的说教意味。书中只是通过一连串生活即景，叙说险中求胜的人生困窘。满世界的荒谬,反衬着自我设计的重要,很有些存在主义的选择意味。从巴黎回来后,有人介绍他去一家大出版社做全职编辑,他却选择了一份半职工作,在经营珍本书的藏书票公司编写图书目录。他跟气质优雅的老板阿瑟·科恩相处很好,可是混在这类玩书的行业,他总归缺少一点装腔作势的趣味和热情,干着干着就不干了。此后他几乎完全走上卖文为生之路,于是更有一连串的纠结与尴尬。

奥斯特叙述往事的视角和笔调都很有特点,他梦寐以求想当作家,却完全没有文人的自我定位,那种四处“漂”的生活跟当日文学思潮或者说是一切扯得上文脉的东西都毫不搭界。他也没有混入任何沙龙或圈子。文学说到底是个体户的活计。不过,你会很惊讶于他执着文学道路的意志与毅力,也很奇怪那年头他怎么没有被格瓦拉所蛊惑。不过,真正令人羡慕的,是那种完全自主的人生选择,从家庭到社会,没人拦着他,也没人强迫他走另外什么道路。

《说吧，记忆》

［美］弗·纳博科夫著，王家湘译，上海译文出版社2009年版

作为美国人，纳博科夫的回忆录跟美国没有什么关系。他一九四〇年移民美国时已是四十出头，《说吧，记忆》这书里记述的都是他来到美国之前的事情。所以，对照保罗·奥斯特的回忆录，二者反差殊为明显。奥斯特追溯往事的起点定于大学生活，偶尔往前推至中学暑期打工经历，而纳博科夫的故事却要从三岁说起。

三岁就有记忆的孩子不多，纳博科夫是少有的神童。当然，神童的世界主要还是家庭。说吧，记忆！这就要先说说家庭乃至整个家族。纳博科夫出生于俄罗斯贵族，父母两系都大有说头。他祖上是鞑靼亲王，十五世纪就在莫斯科公国拥有土地，在后来几个世纪中纳博科夫家族出过好几个将军。他祖父在两位沙皇手下做过八年司法部长，父辈中有一位叔叔是“沙皇陛下的猎狐犬掌管人”。至于母系一方，则是普鲁士贵族，先辈中还有人担

任腓特烈大帝的宫廷作曲家。书中有关家族谱系的叙述相当冗繁,拐弯抹角的亲属关系,一连串的头衔,让人眼花缭乱。对了,纳博科夫家族跟普希金也扯上了关系。圣彼得堡以南五十英里的巴托沃庄园,是当年普希金和赖利耶夫手枪决斗的地方,日后成了他祖母的产业。

纳博科夫童年时家里大约有五十个固定仆人,前后足有一打以上来自不同阶级、不同种族的家庭教师围着他转悠。这些家庭成员之外的家里人也有不少故事。第四章、第五章和第八章,主要是写那些形形色色的家庭教师。接着又不能不说到每天给他削铅笔的看门人乌斯金,此人竟是沙皇警方派来的卧底,十月革命后又带领苏维埃代表来抄检他父亲的书房。他父亲是立宪党人,既反对沙皇专制,又不见容于布尔什维克。书中第九章专门写他父亲,这位早年的宫廷侍卫官,后来成了著名法学家和国家杜马议员。老纳博科夫闲暇时玩玩拳击、击剑和网球,还欣赏歌剧和捕获蝴蝶,纳博科夫研究蝴蝶的兴趣最初就来自父亲影响。除了政治观念,父亲其他方方面面,对他的人生都有着极为重要的示范意义。

也许是青少年时期亲历家庭变故的缘故，纳博科夫一生远离政治。他不像其他流亡者那样仇视苏维埃政权，说到卢卡舅舅留给他的遗产被赤色分子收归国有，他毅然表示，“我心中怀藏的对过去的思念是对失去的童年的一种极度复杂的感情，而不是对失去钞票的悲伤”。当然，他清楚地记得那笔遗产是“相当于今天两百万美元的金钱和一座乡村别墅”。纳博科夫的情感和趣味似乎有一种骄傲而古怪的贵族风范，与凡夫俗子的现实常理很有些隔膜。

许多读者一定会感到失望，书中很少写到作者在欧洲流亡时期的创作经历。不过，纳博科夫在前言中特意申明，没有写那些内容，是因为已经在自己若干早期作品的英译本序言中“作了充分详细和生动的叙述”。但对于本书来说，这不能不说是一个缺失。书中约略提到他怎样绞尽脑汁写诗的情形，其间的兴趣远不如捕猎蝴蝶。其实，诗歌对于他这样的贵族子弟来说，与其说是文学，不如说是一份必备的修养（就像诗词之于中国士大夫）。

不过，本书的文字描述实在是好。纳博科夫有一种罕见的本领，就是能够将一段没有多少实际内容的东西写得风姿摇曳——

我回忆起一次特殊的日落。它给我的自行车铃添上了一抹余烬。头顶上方，在电话线的黑色乐谱之上，一些深紫色的、边缘是火烈鸟的粉红色的长条云呈扇形一动不动地悬在那里；整个景象宛如色彩和形状构成的奇妙的欢迎仪式！然而它在消失，其他一切也在逐渐变暗；但就在地平线上方，在一片明澈的青绿色空间里，在黑色云层下，眼睛发现了一片远景，只有傻子才会把它误认为是这次日落或任何别的日落的额外部分。它占据了极大的天空中很小的一片，有着从倒过来的望远镜里看见东西的那种奇特的匀整。它在那里等待着，宁静的云的群落的缩影，聚集在一起的明亮的盘旋形结构，因其柔和和极度遥远而成为错时现象；遥远，但是在一切细节上都是完美的……

有一点他跟保罗·奥斯特很相似，就是早年在柏林（奥斯特是在巴黎），同时兼做好几份互不相干的差事，教授英文和法文，又充当拳击和网球陪练……不同的是，奥斯特不管做什么都是一种自主选择，好坏都是愿打愿挨的事儿。作为贵族子弟的纳博科夫，好像除了蝴蝶，一切都是命运的安排。

《革命·历史·小说》

黄子平著，牛津大学出版社（香港）1996年版

本书可谓研究中国现当代文学之津梁，亦适合非专业读者阅读，因为丝毫没有论文腔，言简意赅的文字显得平易而生动，读来很享受。

作者在前言中介绍说，他要研究的是中国革命的“讲述”——“更具体地说，研究二十世纪中国文学中以‘小说’形式对这些历史变动所作的叙述。”这是一个很大的题目。革命如何讲述，不同于三国如何演义，因为后者有历史文本可以参照比对，而前者本身已卷入革命之中。

所谓“革命历史小说”,在现实语境中亦混同于一种历史文本。

作为一部解读“革命历史小说”的文学史著作,它有一个不同于通常这类专题性论著的特点,那就是在很大程度上超越了对象的文本研究,通过对文学现象的系统归纳与梳理,把“解读”的思路直接导入如何“叙述”的历史情境。譬如,有关“革命”与“性”的重重纠葛是二十世纪中国文学最大变数之一,这里讨论的革命意即还原历史的“叙述”语境——革命在改变人们身体的同时,也在改变着人们“谈论和阅读”自己身体的方式。从新小说的“英雄血,美人泪”到左翼文学中摩登女性的放浪形骸,再到样板戏阶段的全面禁忌,透过叙事逻辑的递述,情欲如何从一种本源性力量蜕变为人性的原罪的过程就相当清楚了,正是此中的嬗变透露了革命小说逐步走向“圣洁化”的历史动机。对于这种文学发生学的解读方法,专业学者也许并不陌生,不过非常重要的一点是,作者的若干精辟之见与其说纯然出于某种理论模式,不如说更多得益于自身的阅读经验和人生体悟。

本书后记说到,此书是“自我精神治疗的产物”,是“对少年时期起就积累的阅读积淀的一次自我清理”,这寥寥数语背后乃是经由岁月磨砺的情感与睿智,实际上作者正是从交织着苦难与理想的现实语境中参悟那些可以纳入理论概括的“叙述”套路。书中关于“革命·土匪·英雄传奇”的讨论是十分精彩的一章,这一命题对于作者本人来说,毕竟包含着文学阅读与人生经验的互动关系。如就当代叙述与绿林传奇的文本互涉而言,解读的意趣首先不在于学理上的认识,而是来自遥远的心理记忆。作者早年作为“知青”的边缘人生实为一个阐释的契机,那时的理想或是追求自由恣睢的快意,也曾从文学接受中获得“想象性的解决”。这般同样具有可叙述性的“另类生存”不妨说是对某种历史经验的复拟,作者的敏捷之思正是从这里把握了历史消息——许多时候,语码的反向转换实为“革命”题中应有之义。

本书的著述风格同样值得注意。将理论探讨付诸平易可亲的文字已相当不易,更重要的是,它本身也几乎是一个叙述性的文本,如此以叙述手法解读一种文学叙述,倒是恰好印证了“叙述/ 解读”的功能交互。仅仅从这个意义上说,本书也足以称得自出机杼的佳构。

本书内地简体字版书名作《“灰阑”中的叙述》,上海文艺出版社二〇〇一年出版。

《利玛窦中国札记》

利玛窦、金尼阁著,何高济、王遵仲、李申译,何兆武校,

中华书局 1983 年版

利玛窦神父一五八二年(明万历十年)从澳门进入中国,一六一〇年(万历三十八年)逝于北京,在中国生活了二十八年。他身后留下大量日札和笔记,金尼阁神父将这些用意大利文书写的手稿译成拉丁文,并整理出版。由于利玛窦是第一个熟练掌握中文并对中国典籍有过研究的西方学者,加之游历广泛,跟中国各个阶层都有过接触,这本札记无疑成了中西交通史的重要文献。不过,此书本身并非学术著作,完全可以当作故事和游记来读。

全书共分五卷:第一卷是对中国自然状况和人文习

俗的概述,其中包括历史、地理、宗教、政府组织和科举制度等;后边四卷主要是利玛窦本人及耶稣会传教士们进入中国的传教经历。其实,真正涉及宗教活动的内容并不多,大部分文字讲述如何与中国官员、士绅及文人打交道的过程,捎带介绍各地风土人情。传教布道在中国本身就是荆棘之途,更有许多意想不到的艰难险阻。从利玛窦一行在广东肇庆找到立足点开始(在那儿建立了教堂和住所),到后来被遣往韶州那一段,是最困难的时期。官府朝令夕改,民众寻衅滋事,文化隔膜几乎如鸡同鸭讲。后来他们的传教事业在南昌获得成功,很大程度上是获得了官员支持的。利玛窦心里很清楚,离开官府他们没有生存空间,“在他看来,除非有某个人被皇帝欣然接待,否则长期居留在中国就没有任何保证”(第四卷第一章)。

一六〇〇年五月,利玛窦从南京搭乘一位太监的官船去北京。这是他进入中国内地的第十八个年头。他早已学会了汉语,甚至还会文言写作。他跟许多士大夫文人混得不错,时常头戴东坡巾身着儒士服装出入达官府邸。在南昌，他是巡抚大人的座上客，还跟建安王、乐安王那些王室贵胄交上了朋友。到了南京，他的社交圈子就更显赫了，不但有魏国公徐达之后徐弘基、丰城侯李环、守备太监冯保、南都刑部侍郎王樵、礼部侍郎叶向高……还有大学者焦竑、李贽之俦，还有名僧雪浪大师。然而，精英阶层的宴飨并没有给他带来精神的圣节，找机会直诣万历皇帝才是他心中抱定的目标，他期盼着在这片土地上也能上演君士坦丁大帝颁布《米兰敕令》的一幕。

其实，两年前他也去过北京，可惜他的保护人南京礼部尚书王忠铭当时未能打通进宫的关节——时逢倭寇作乱，外事活动都没人敢搭手了。没想到这回更是大吃苦头。利玛窦的锲而不舍总是伴随着一系列戏剧性事件。起初颇为顺利，他们在济宁受到漕运总督刘东星的热情款待，还再度见到了李贽。然而，船到临清厄运就来了，坐镇钞关的太监马堂蓄意索贿，恨不得从洋人身上扒下两层皮来。呈递皇上的奏折迟迟未见批复，他们被转到天津羁押，结果在那儿滞留半年之久。事情的转机也纯属偶然，后来有一天万历皇帝想起有洋人要进贡自鸣钟什么的，这才快马发去让他们进京的诏命。虽说蛰居深宫的万历一直未召见利玛窦，利玛窦却靠了修钟表的手艺成了宫廷门客，耶稣会的传教活动亦获恩准。

想到利玛窦那种矢志不渝的使命感，已经削发为僧的李贽竟相当不解。李贽对利玛窦本人印象极好，在写给友人的一封信中说："承公问及利西泰，西泰大西域人也……是一极标致人也。中极玲珑，外极朴实，数十人群聚喧杂，雠对各得，傍不得以其间斗之使乱。我所见人未有其比，非亢则过谄，非露聪明则太闷闷瞶瞶者，皆让之矣。"可是他不明白此公到底在追求什么——"但不知到此何为，我已经三度相会，毕竟不知到此何干也。意其欲以所学易吾周、孔之学，则又太愚，恐非是尔。"(《续焚书》卷一)

李贽或许还记得在南京的一次雅集，大家辩论心性善恶问题，在座的雪浪和尚援引本宗教义回答质疑时，利玛窦打断他说："我们的论证必须从理性出发，决不能靠引据权威。我们双方的教义不同，谁都不承认对方经典的有效性。既然我也能从我的经典里引证任意多的例子，所以，我们的论辩现在要由我们双方共同的理性来加以解决。"（第四卷第七章）他说的"从理性出发"，是相信人类应该有某些"普世"的认知。

利玛窦并不时常这般咄咄逼人。早年在肇庆，他应当地官员要求制作一幅名为《山海舆地全图》的世界地图，考虑到中国人向来以为自己居于天下中心，故意改变原有的设计，"抹去了福岛的第一条子午线，在地图两边各留下一道边，使中国正好出现在中央"（第二卷第六章）。他很乖巧，懂得如何规避"中国不高兴"的麻烦。所以，他尽可能入乡随俗，传道时也尽量援引四书五经的话语来阐释天主教义。法国神父裴化行所著《利玛窦评传》中说到，利玛窦的许多做法是"回避了文明的冲突"。

《爝火录》

[清]李天根著，仓修良、魏得良校点，浙江古籍出版社 1986 年版

作为一部编年体南明史，本书不像徐鼒的《小腆纪年》那样为人重视，可能因为是它撮录的文字偏于细琐而感性，许多材料看上去比较八卦。其中叙说李自成进京后之杀戮与搜刮，范景文、倪元璐、巩永固等大臣勋戚殉节之类，又多见于计六奇之南北略。然而，亦有珍贵之处，作者自叙“抽绎明史为经，摭拾野史为纬”，全书引用方志、奏疏、塘报、书牍、年谱、野史笔记达一百一十余种之多，如今说来自有辑佚之功，保存了许多原始资料。可是这样一部编录成帙的著作，其资料来源多未予交代，学者使用自有不便。

况且，此书叙史体例有欠整饬，记事详略亦颇失当。南明诸王前后十九年，起首甲申之事竟接近一半篇幅，连同乙酉、丙戌占去全书四分之三。前边材料芜杂而堆砌，其后永历时期只能从若干碎片中略见其梗概。这样的史

著，也许不能以学术标准去考究。作者乃一介江南布衣文人，生活于乾隆年间，抑或自幼耳濡清兵南下之民间记忆，亦能想象兵燹祸乱中家国之殇，而著书为文却不忘“我大清”的政治正确。其自序有谓：“名‘爝火’者，深慨夫三王臣庶，以明末余生，窃不自照，妄想西升东坠，速取灭亡，为可哀也。”以此般扭曲心态撰史，或是华夏文士用以应付文字狱之套路，倒也殊可哀也。

其实，作为一般野史笔记阅读，书中可搜检不少极有意味的片段。如，张献忠入蜀，遍地屠戮，斧钺刀墨中竟有人挺身而出。

张献忠欲屠保宁一城，有僧破山为请命。持犬豚肉以进，曰：“若啖此者，从汝。”破山曰：“老僧为百万生灵，忍惜如来一戒乎？”遂尝数脔，保宁获免。（卷七）

保宁，即今阆中，以保宁醋闻名遐迩。此为川北重镇，五代置保宁军，因而得名。血污之中有这般光明叙事，可见信仰戒律背后的精神力量。书中胪列屠城之事比比皆是，而清兵过境之后，还有另一种祸害，就是骗子、地痞趁火打劫。

武进奸民，效胡服，驾巨航至江阴，假称大兵，搜取民间桌椅器皿及诗画文具等物，城中为之一空。又有贪弁，借拒敌生衅，索诈良民，敲骨竭髓。此又屠城后一大劫也。（卷十二）

下有奸民，上有昏君。有记福王一则，甲申除夕之夜，抱怨宫内文娱活动索然无味。

帝居兴宁宫，愀然不乐，太监韩赞周曰："新宫宜欢乐，得无追思皇考、先帝耶?"帝曰："非也，梨园殊少佳者耳。"（卷七）

福王这厢沉溺声色犬马，正是史可法坚守淮上之日。除夕夜风雪拥门，忠臣良帅饮泣枕戈。易代之际，不啻二次元之世界。

史可法督师扬州，岁除，遣文牒至，夜半倦，索酒，庖人报："殽肉已分给将士，无可佐者。"乃取盐豉下之。可法素善饮，数斗不乱，在军中绝饮。是夕，进数十觥，思先帝，泫然泪下，凭几卧。（卷七）

书中有几则阮大铖的故事，亦不知出于何处。顺治三年（一六四六年）清兵在浙江境内颇受阻击，大铖被降清大学士冯铨召入军前内院，“自请于贝勒，愿为前驱破金华以报国恩”。所谓“军前内院”应是部队的文秘班子，但大铖熟悉金华城防，又成了阵前指挥。有谓：“大铖专用大炮攻西城，城遂塌，乃陷。”弘光时大铖曾掌兵部，自以为是文武全才的人物。最可发噱是以下一则：

是时，大清兵所过，野无青草，诸内院及从政官无从得食。阮大铖所至，必罗列肥鲜，邀诸公大畅其口腹。争讶曰：“此从何处得来?”则应之曰：“小小运筹耳。我之用兵，不可揣度，盖不止此矣！”其中有黑内院者，满人，喜文墨，大铖教以声偶，令作诗，才得押韵协律，即拊掌击节，赞赏其佳。黑大悦，情好日笃。诸公固闻其有《春灯谜》《燕子笺》诸剧，问能自度曲否，即起执板顿足而唱，以侑诸公酒。诸公北人，不省吴音，乃改唱弋阳腔，始点头称善，皆叹曰：“阮公真才子也。”每夜坐诸公帐内剧谈，听者倦而寐，有鼾声，乃出。……诸公劳顿之余，不堪其扰，皆劝曰：“公精神异人，盍少睡休息之?”大铖曰：“我生平不知倦，六十年如一日也。”（卷十六）

这个段子的确有些搞笑，野史多喜欢拿这类人物开澜。攻下衢州之后，这个“生平不知倦”的带路党又随清军入闽，竟猝死仙霞岭上，按如今社会医学说法就是“过劳死”。

二〇一六年一月四日

原刊《书城》2016 年 3 月号

闲书闲话(五)

《瓯北集》(全二册)

[清]赵翼著,李学颖、曹光甫校点,上海古籍出版社 1997 年版

赵翼这个名字如今被人提及,主要是因其史学家身份,所著《廿二史劄记》《陔馀丛考》等,都是治史者必读之书。作为清代诗人,赵翼不能跟王士禛、朱彝尊一类人物比肩,但也算颇有特色的一家,他主张"性灵",与袁枚、蒋士铨并称"江右三大家"。这部《瓯北集》大率汇集其一生创作,收诗四千八百余首,数量之多,令人咋舌。

写得如此之多,或亦无暇细琢,学不来杜甫"为人性

僻耽佳句”。不过,杜诗也有一千四百余首,何况人家只活到五十八岁,赵氏却有八十五岁高寿。其实高产诗人亦不乏佳者,南宋陆游更有九千首诗。问题似不在数量多少,好坏自须从作品本身来说。

平心而论,赵翼的诗通常显得直白,缺少某种蕴藉。“晴冲尘沙雨冲潦,经年两走长安道”,这是送别的调调;“中年渐爱逢场戏,此地聊堪对酒歌”,这是同人雅集的嘲唱;“白杨衰草黯孤坟,犹号前朝旧寝园”,这是凭吊怀古之思。赵氏作诗有点像时下玩微信。譬如湖堤散步,即口占眼前之景:“野色青于染,春流滑似膏。封鏖千树亚,浪卷半湖高。”就差将照片发到群里了。所谓“性灵”,不妨说就是心性活泛而敏感,随时都有一些小感触,些许小事便能触发滔滔诗情。家居无事,偶有所得,亦辄然赋诗:“日用而不知,凡事轻心掉。闲中试静观,无一非奇妙……此皆在眼前,格物有不到。一物一太极,谁能遍探奥。”古往今来,生老病死,天地万物,皆在吟咏之中。自然,朋友纳妾更要晒诗祝贺:“风情临老尚儿嬉,买得婵娟鬓已丝。”

“兴观群怨”的诗学传统到赵翼他们这儿显得老套了，从晚明公安三袁倡导“性灵”开始，心性随缘的近俗态度渐成时尚。这是颠覆义理的时代，自须摆脱唐人宋人的诗理与修辞。这就不难理解，学问丰赡的赵翼作诗何以造语浅近。“撑肠五千卷，纵目廿二史。”（《放歌》）故纸堆里都是当代史，雄迈之中不惮几许俗意。所以，“梨花体”与“羊羔体”破空而来，韩寒和郭敬明联袂穿越。赵翼心仪的诗人是白居易，因为白居易的诗“老妪能解”，他在《泊舟琵琶亭作》一诗中写道：“香山四十六七岁，正是左迁江州日。我今亦以镌秩过，计年亦是四十七……”以白氏自况甚有“逼格”，不过这诗读来有些快板书的味道了。

前人评价赵翼诗，有“好见才”“好论驳”“好诙笑”之说（《瓯北诗钞》祝德麟序），自是洞中肯綮。不过，作为史学家和官员的诗人，这些并非仅仅出于情趣之好尚，他需要借助“他者”之存在表现自己的才学和诙谐。在一组描述民生疾苦的绝句中，他写道：“晓市声喧似涌涛，争营口食罄钱刀。共言米价如梯级，一步升来一步高。”（《米贵》)聆听窗外市井纷扰之际,嘲讽世态之笔付以津津乐道之情态描述,不啻是叙说众口铄金的街坊舆情。

赵翼在《瓯北诗话》中批评明代李梦阳等人论诗全凭耳食之论,如杜甫"全乎学力"云云,有谓"思力所到,即其才分所到"。这是注重气脉的说法。可是赵翼自己诗里差的就是这个,总是显得"才分"跟不上"思力"。

不过,赵翼诗作中却有脍炙人口的佳句,后人文章里引用率极高。一谓"国家不幸诗家幸,赋到沧桑句便工"(《题元遗山集》);一谓"江山代有才人出,各领风骚数百年"(《论诗》)。二联都以议论见长。

《晚翠文谈》

汪曾祺著,浙江文艺出版社 1988 年版

三十年前游走京师,在西坝河林斤澜府上认识几位北京作家,其中就有汪曾祺先生。当时与黄育海策划出版作家谈创作丛书,便向汪老约了这部书稿。编稿,出书,诸事顺遂,没有什么特别的故事。此书出版后自己留

存一册，插在书架上，不时会翻阅一下。

书中收录了汪老四十余篇文学随笔，有谈论自己的小说创作，也有评论别人的作品的，还有一些关于戏曲和民间文学的杂谈。此书结集之前，他的小说《晚饭花集》尚出版未久，许多读者从那书里的作品见识这位新冒出来的老作家，不由拍案叫绝。其实，汪曾祺小说创作始于二十世纪四十年代（早年出过一本《邂逅集》），那时没有多大影响，八十年代初以小说《受戒》《大淖记事》等重返文坛，已是年逾六旬，却给人十分强烈的震撼。他那套叙事话语确实很特别，民国旧事，乡间异人，极富个性与温情。那里边没有几十年的憋屈，没有苦大仇深的火气，更没有此一时彼一时的政策方针。在谈到《受戒》的创作体会时，汪老说道：

> 我们当然是需要有战斗性的，描写具有丰富的人性的现代英雄的，深刻而尖锐地揭示社会的病痛并引起疗救的注意的悲壮、宏伟的作品。悲剧总要比喜剧更高一些。我的作品不是，也不可能成为主

流。(《关于〈受戒〉》)

在《晚饭花集》自序中又说,他的小说跟那种低贱的花草一样"无足珍贵"。他不想走"高大上"一路。出语如此谦逊,内里却有十分坚韧的写作理念。显然,自重返文坛之日,汪曾祺就想着要摆脱流行已久的工具叙事(即便当时名曰伤痕文学、反思文学的"悲剧"写法,也还纠缠于过时的或是当令的宣传话语)。也许是出于艺术直觉,也许是蓄意而为的叙事策略,他甘愿置身"主流"之外,实在是心里另有标杆。他时常会说到他的老师沈从文,在寂寞中探索中国叙事之路径,试图燃起年轻人的自尊心和自信心。他感叹道:"沈先生的重造民族品德的思想,不知道为什么,多年来不被理解。"(《沈从文的寂寞》)他当然知道是为什么,这其中的原委若要讲得妥帖,须用曲折的理论语言来表述。其实不说也罢。

汪老不是那种精通文学理论的小说家,但他有极为深厚的艺术修养。他惯常从语言和审美趣味的角度来谈论文学创作。他认为语言是本质的东西,反映着对生活和表达的认识，实际上也是作家的风格与人格（《关于小说语言》）。他从沈从文的带有色彩和声音的文字里，感受到一种“摆脱浮世的营扰”的境界（《沈从文和他的〈边城〉》）。他欣赏林斤澜的“文字游戏”，琢磨着“凭借语言来构思”的妙义，以及语言的陌生化效应，等等（《林斤澜的矮凳桥》）。其实在汪老看来，语言表达趣味各异的存在感。阿城的人物说：“待在棋里舒服。”汪老说：“苟有所得，才能证实自己的存在。”（《人之所以为人》）

谈语言，谈风格，谈小说的抒情性，谈传统与风俗，这些都是夫子之道。在二十世纪八十年代，作家的“文艺思想”要被人关注，直接谈思想就不太明智。那时候“现代派”也被认为是境外势力的别动队，汪老小心翼翼地跟卡夫卡之流做出切割。他不想招谁惹谁。在一次讲演中，有人递条子质疑他为什么写“无主题小说”，他矢口否认自己有这样的作品。他说他的小说都是有主题的，只是主题不能让人一眼就看出来，“不能讲得太死，太实，太窄”（《我是一个中国人》）。书中有一篇短文题为《回到现实主义，回到民族传统》，其中特意讲到，“有人说，用习惯的西方文学概念套我是套不上的”。借别人之口申明政治正确，乃将自己归入最稳妥的一拨。有道是明修栈道暗度陈仓，躲避意识形态陷阱，逃离有争议地带，躲到一边写自己的人物。可是，将人物还原为人，不能说没有风险。汪老也忍不住要为自己专写旧人旧事做些辩护——“比如，社会主义新人，如果你看到了，可以随心所欲挥洒自如，怎样写都行，可惜在我的生活里接触到这样的人不多。”有些无奈，也很无辜，是大实话。

《饮水词笺校》

［清］纳兰性德撰，赵秀亭、冯统一笺校，中华书局 2005 年版

纳兰词婉丽、多情、率真，读来感触无已。三十年前，冯统一兄编校《饮水词》（广东人民出版社 1984 年版），受赐一册，闲来翻检好词好句，颇得其乐。后来冯兄与赵秀亭先生做了这个笺校本，不啻又疏通了学习门径。这个集子好在有笺注、说明和辑评，可让读者了解纳兰词作的缘起、背景、修辞与用典，以及前人评析，等等。笺校者功

夫做得很细，光是校订就采用了前人十五种本子参校。当然，笺注、说明、辑评俱见功力。卷二有《金缕曲·亡妇忌日有感》一阕，唐圭璋评曰"柔肠九转，凄然欲绝"。原词见下：

此恨何时已，滴空阶、寒更雨歇，葬花天气。三载悠悠魂梦杳，是梦久应醒矣。料也觉、人间无味。不及夜台尘土隔，冷清清、一片埋愁地。钗钿约，竟抛弃。　　重泉若有双鱼寄。好知他、年来苦乐，与谁相倚。我自终宵成转侧，忍听湘弦重理。待结个、他生知己。还怕两人俱薄命，再缘悭、剩月零风里。清泪尽，纸灰起。

这首悼亡词纪念故去的卢夫人，语词不费解。笺注引叶舒崇《皇清纳腊室卢氏墓志铭》，谓卢氏亡于康熙十六年某月日，说明则据"三载悠悠"句，断定此阕作于康熙十九年。又举述顾贞观和作，继而说到明清时文人间"代赠"与"代悼亡"之习尚，诚以古人心肠辩述：

顾贞观《弹指词》亦有《金缕曲》“悼亡”一阕，词云：“好梦而今已。被东风、猛教吹断，药炉烟气。纵使倾城还再得，宿昔风流尽矣。须转忆、半生愁味。十二楼寒双鬓薄，遍人间、无比伤心地。钗钿约，悔轻弃。　　茫茫碧落音谁寄。更何年、香阶划袜，夜阑同倚。珍重韦郎多病后，百感消除无计。那只为、个人知已。依约竹声新月下，旧江山、一片啼鹃里。鸡塞杳，玉笙起。”此词与容若词同调、同题、同韵，显为同时和作。卷一《采桑子》“谢家庭院残更立”阕，梁汾亦有和作。近人张任政云：“闺阁中事，岂梁汾所得言之？”似诧愕不得其解。实则言涉他人闺阁之诗古已有之，于生者有所谓“代赠”，于逝者有所谓“代悼亡”。明清之际，作诗为他人悼亡乃为文人一时习尚。如王彦泓《疑云集》有《为文始悼亡》诗；李良年有“为尤悔庵悼亡”《一丛花》词；朱彝尊则有“和梁尚书伤逝作”《凤凰台上忆吹箫》词。如此作品，数不胜数，惟代人发哀，难得其真情而已。容若词一往情深，血泪交融，真切动人；梁汾词则有“倾城再得”“香阶划袜”诸句，非止轻俗，尤见唐突，岂容若所忍言。关于和友人悼亡诗，虽为当时习尚，然亦有非议之者。如朱慎即云：“友人妇死，而涕泗交颐，岂为识嫌疑者哉！”（见性德同时人张潮撰《友声》丁集）今学者钱锺书更讥之为“借面吊丧，与之委蛇”，“替人垂泪，无病而呻”，古之寻常事，固有难以理解者。

考订是学者功夫，理解心性、习尚则需要人情体贴。又，卷三《虞美人·为梁汾赋》一阕，盖因顾贞观不赴博学鸿词科，携《今词初集》南归镌刊，又与吴绮共编《饮水词》，性德乃作此词答之。词中以“黄九自招秦七共泥犁”与顾氏共勉，虽“堕泥犁”而不悔。笺校者说明按述：

作词而不畏“堕泥犁”，比性德略早之词人沈雄亦云：“泥犁中尽如我辈，便无俗物败人意。”（《古今词话》卷下）与性德意略近。然沈氏为放达语，意轻；

性德则为决绝语，乃人生追求之郑重选择，寄意极重。

轻重之间极有分辨，非终日浸淫其间，不能有这等见识。

《澹园集》（全二册）

［明］焦竑撰，李剑雄点校，中华书局1999年版

焦竑是明隆庆、万历间士林领袖，一生著述丰赡。其作主要有《老子翼》《庄子翼》《焦氏笔乘》《焦氏类林》《玉堂丛语》《国朝献徵录》《国史经籍志》等。这本《澹园集》是他的诗文合集，包括奏疏、策问、序文、题跋、考论、书札、墓志、传状、诗赋及讲学语录等。其中经学、史学、文学无所不猎，且泛滥三教，出入百家。现在作为一般阅读，像帐词、寿序、墓表、祭文一类意思不大（对专门研究者可能是重要资料），书中这些文章甚多，可见作为名家大佬应酬写作亦颇受累（当然这类文字通常有润资）。奇

怪的是，焦氏科名蹭蹬，宦途踬踣（五十入仕，六十弃官），何来这么大名声？其实，自明代中期以后，士大夫中间已有另一种价值标准，就是阳明心学之新思维。传统的儒学义理开始被重新解释，读书人醉心于各种异说，体制内的名位似乎就不那么重要了。

从焦氏若干文稿中可以看出，他的朋友圈（从师尊到弟子）尽是当时最有意思的人物：耿定向、王襞、罗汝芳、李贽、汪道昆、管志道、冯梦祯、邹元标、耿定理、耿定力、陈第、袁宏道、袁宗道、袁中道、周汝登、陶望龄、徐光启、顾起元、黄汝亨、陈懿典等等。他们是那个年代的自由化分子，聚众讲学，四处串联，传播怀疑精神。焦竑是联结泰州学派与李贽一类异端人物之间的枢纽，故而声气甚广。他本人以博学著称，尽管思想学术标新立异，却未显现过激的叛逆姿态。

引佛入儒是焦竑改造儒学的基本策略，书中不少文章都涉及这方面话题。或许是要接入新的思想资源，或者干脆就想偷梁换柱，总之是要改变宋儒的原教旨孔孟之学。有曰：

学者诚有志于道，窃以为儒、释之短长，可置勿论，而第反诸我之心性。苟得其性，谓之梵学可也，谓之孔孟之学可也，即谓非梵学非孔孟之学，而自为一家之学，亦可也。盖谋道如谋食，藉令为真饱，即人目其馁，而吾腹则果然矣。不然，终日论人之品位，而未或一哜其胾，不至枵腹立毙者几希。（卷十二《答耿师》）

其谓“谋道如谋食”，乃以“心性”“良知”反求诸身，会通儒释，有如白猫黑猫之论。焦氏一再批评宋儒程颢之诋訾佛学，曰：“伯淳唯未究佛乘，故其掊击之言，率揣摩而不得其当。大似听讼者，两造未具，而臆决其是非，赃证未形，而悬拟其罪案，谁则服之？”（卷十二《答友人问》）又曰：“佛言心性，与孔孟何异？其不同者教也。”（卷四十七《崇正堂答问》）又曰：“内典所言心性之理，孔孟岂复有加？”（卷四十八《古城问答》）至于程氏之学，他是相当不屑，“然其学去孔孟则远矣”。他担心宋儒之僵化才是危机之由——

> 孔孟之学，至宋儒而晦，盖自伊川、元晦误解格物致知，至使学者尽其精力，旁搜物理，而于一片身心反置而不讲……学者为注疏所惑溺，不得其真，而释氏直指人心，无儒者支离缠绕之病。（卷十二《答友人问》）

焦氏对道家亦颇感兴趣，其辩说“老庄盛言虚无之理，非其废世教也”，认为道家之精妙在于不执圣人之迹。有谓：“仁义礼乐，道也；而世儒之所谓仁义礼乐者，迹也。执其迹而不知其所以迹，道何由明？”（卷二十二《读庄子七则》）以“道”与“迹”相区分，确是焦氏高明之处，相比今世之知识界人士显然更有智慧。

可惜焦竑的时代过于封闭，所能接触的知识还相当有限，真正能够利用的思想资源也主要是儒道释这三家。倘若三家有灵，实在用不着焦氏如此大费周章。

《博尔赫斯全集·小说卷》

王永年等译，浙江文艺出版社 1999 年版

本书收入六个短篇小说集：《恶棍列传》（一九三五年）、《虚构集》（一九四四年）、《阿莱夫》（一九四九年）、《布罗迪报告》（一九七〇年）和《沙之书》（一九七五年），总共七十篇作品。作为一位长寿作家，博尔赫斯（他活到八十七岁）小说数量不多，加上诗歌和散文，总的文字量也不算多。

当然也不少了。博尔赫斯小说带有浓厚的哲学和游戏趣味，可以让人反复阅读，而且很可能每一次阅读还有不同感受。博尔赫斯自己说过，他写这些故事，"旨在给人以消遣和感动，不在醒世劝化"（《〈布罗迪报告〉序言》）。这话有点半真半假，他极富智慧和性情的作品充满匪夷所思的幻象或是镜像，或是幻象的幻象，镜像之镜像。拐了许多个弯，却也是撄心之作。譬如，在《南方》《马可福音》《第三者》那些作者自己最得意的故事中，叙

述法则往往就是精神与现实的错位，多半是什么冥顽不化的东西把人逼到了死角，然后就突然出现了雪崩式的变化。该解构的被解构了，不该解构的可能也被解构了。大作家注定要完成探讨命运的使命，调侃也好，悲悯也好，其心中自有承载。

《恶棍列传》中有一篇《蒙面染工梅尔夫的哈基姆》，说的是蒙面骗子的事。那个叫哈基姆的染工套上面具就成了先知，用一种供给侧的宗教手法将自己抬到神灵地位，然后作为上帝的“影子的影子的影子”，主宰天下大事。蹊跷的是，这故事假托来自一本阿拉伯手抄古籍，可是该书原本已经遗失，而一八九九年发现的手抄本被人认为是伪作。也就是说，骗子的故事来自一个靠不住的文本。伪诈的伪诈是否搞成了负负得正的关系？你得自己去琢磨了。那个传说中的《玫瑰的摧毁》的阿拉伯手抄本，没准就是哈基姆本人的大作。

博尔赫斯无疑是最具颠覆性的叙述者，对传说或是见诸记载的人物、事件进行“重述”是其驾轻就熟的惯用手法，照他自己说就是“篡改和歪曲别人的故事”（《〈恶棍列传〉1954 年版序言》)。其实,博尔赫斯"篡改"和"歪曲"的蓝本,往往并非实有其事的文本。他用这种文本性方式演绎事物的诸多可能,以表现这个世界的多姿多彩和多灾多难,于是时空的多维关系和现实的多重构成往往就呈现为迷宫式的画卷。"迷宫"和"镜子"是博尔赫斯小说里常用的意象,那些接连分岔的路径和多重折射的镜像似乎让人联想到卡夫卡的无限之意,但这里完全没有那种难以忍受的延宕,倒是花样迭出的变数让你应接不暇。

当然,"颠覆"和"歪曲"并不只是"重述",博尔赫斯笔下更有别的套路。譬如,《刀疤》以人称转换颠倒英雄与叛徒的身份;譬如,《马可福音》中那个自由思想者竟播撒了造神之愿……这些反向逆求的手法不只使作品平添几分阅读趣味,更是将某些靳固不移的东西重新抖搂了一遍。"颠覆"或是"歪曲",说到底是一种批判意图。在《死亡与指南针》一篇中,博尔赫斯嘲弄世人迷恋规律的文化理念,断案者一味从犹太教的历史暗雾中去推究事物的因果关系,未料凶犯正是利用那些宗教传说布设迷障，而一切只是始于走错房间的偶然事件。其实，历史未尝不是走错房间之后的将错就错，面对那些因果倒置的文化诠释，博尔赫斯含而不露的微笑中永远带有哲学的沉思。在他最重要的作品《小径分岔的花园》中，无限中的偶然便是一个叙述主题，而如此形而上学的探讨竟采用侦探推理的悬疑手法加以表现，倒是十分有趣的文学实验。

J.M.库切对博尔赫斯有着深刻理解。在《博尔赫斯的小说集》一文中，库切注意到博氏的文本性特点，注意到博氏的一再暗示："说话人的自我其实并非真实的存在。"（《异乡人的国度》，浙江文艺出版社 2010 年版）

埃德温·威廉森《博尔赫斯大传》（华东师范大学出版社 2014 年版）谈到博氏小说，认为许多作品都带有自传性质，因而将其叙事意图归于疗救心理创伤——爱情创伤，政治创伤，想象力与情感创伤。如此而论，作者似乎要凭借那些"重述"和"重构"的故事去实现自我救赎。这种说法多少有些似是而非，因为根本没法解释博氏的仿拟手法跟他本人命运有何关系。这位滥用心理分析的牛津学者根本没有意识到博氏的游戏态度,以及如何在游戏中颠覆现实法则——人家完全就生活在智性和文本之中。

二〇一六年二月八日(大年初一)

原刊《书城》2016 年 5 月号

闲书闲话（六）

《莫斯科日记》

［法］罗曼·罗兰著，夏伯铭译，上海人民出版社1995年版

罗曼·罗兰一九三五年六月至七月访问苏联，写下《莫斯科日记》，却被自己封存起来。他在日记标题页上写道："未经我特别允许，自一九三五年十月起，五十年之内不能发表这个本子——无论是全文还是摘要。"众所周知，罗曼·罗兰是苏维埃政权的热情支持者，按说其访苏观感大可作为对这新生制度的有力宣传，可是他却让斯大林失望了。

其实斯大林也让他有些失望,个人崇拜风气和苏联社会严重的贫富差别都出乎他意料,这好像不是想象中的社会主义。作家敏锐地注意到革命对于人性的深刻改造,七月十三日那天他写道:“苏联青年具有非常好的品质,但同时又是生硬的,甚至是残忍的——这是过早了解死亡和绝望的代价。年轻人知道他们的熟人中有人死了,但晚上照旧去电影院。他们已学会不露声色。而这是可以理解的。不能过于高声说话。谁倾诉衷肠,谁就暴露了自己。”奥威尔后来在《一九八四》里面描述的景象,罗曼·罗兰早有现场体验。

罗曼·罗兰在莫斯科期间还观看了不少苏联电影,多半印象不佳。七月二日看了《战舰波将金号》和根据高尔基同名小说改编的《母亲》,他写道:“在这两部作品中(就像在《夏伯阳》中一样),都掺入了残忍,换句话说,掺入了仇恨,而这在任何情况下都表现为血腥的和令人不安的场面。”七月八日的日记写了观看《大雷雨》的感受。这部根据奥斯特洛夫斯基同名戏剧改编的影片也不对他的胃口,因为完全摒弃了经典作品的蕴藉。“在《大雷雨》

中,复现了旧俄罗斯的令人窒息的气氛。我以为,这种影片同样是为宣传服务的,能消除对过去的一切惋惜。”七月十五日看了电影《彼得堡之夜》,又写道:“……极好的镜头设计和壮观的景色,难以置信的浪漫的、不合情理的故事,无疑适合这里的口味。”这种评价让人想起里芬斯塔尔的影像作品。

日记中最有趣的部分是高尔基别墅中的晚宴。七月四日晚上,斯大林带着莫洛托夫、伏罗希洛夫、卡冈诺维奇来了。“餐桌上摆满了美味食物:既有冷盘,也有各种火腿,还有鱼——腌制的,熏制的,冻凝的。热菜有虾烧鲟鱼肉、奶油榛鸡以及诸如此类。”根据日记描述的随意气氛,斯大林显然是这座别墅的常客。餐桌上,党中央四位领导人不时为彼此的健康干杯,互相灌着伏特加。酒酣耳热之际,斯大林的段子随口就来,“带着农民式的幽默,还有点粗鲁”,从臭虫说到地主、客人和姑娘……

《访苏归来》

[法]纪德著,李玉民译,上海译文出版社 2015 年版

罗曼·罗兰访问苏联第二年,另一位重量级法国作家纪德也去了苏联。一九三六年六月,高尔基猝然去世,苏联作家协会邀请纪德去参加葬礼。纪德也在苏联逗留了两个月,但他不像体弱的罗曼·罗兰只窝在莫斯科,葬礼后他去了彼得格勒,后来又去了奥尔忠尼启则和高加索一带。纪德在《访苏归来》中记述了这些旅程,一个真实的苏联将他原有的想象完全颠覆了。可是《访苏归来》发表后,即遭到罗曼·罗兰的责难,认为他这样批评苏联,是将洗澡水和孩子一起泼掉。

就观察者眼光而言,纪德未见得比罗曼·罗兰更加敏锐和深入,但是纪德的观察面要远为宽广,他去过莫斯科以外若干城市,参观过工厂和集体农庄,跟苏联各阶层人物有过直接接触。除了斯大林个人崇拜和社会贫富差别等弊端,纪德书里还着重说到苏联劳动生产力低下和

商品匮乏等问题。其实,两位作家对苏联有着大致相似的观感,他们的分歧仅仅在于:是照实披露,还是按下不表。作为同情共产主义运动的作家和社会活动家,纪德原本比罗曼·罗兰更为左倾激进,可是苏联的现实却给他带来彻底的失望。

最根本的失望莫过于思想与个性的丧失,纪德称之为"人的头脑经过了深加工"。人们从幼儿园就开始的"思想塑造",使得一切都定了格,使得人们对于现实的一切都有了异乎寻常的接受力。在那些日子里,苏联人流露的幸福感往往让纪德大感惊讶,按他的说法是"令人咋舌"。在与大学生的接触中,纪德发现他们的外语能力很糟,询问内中缘由,大学生们的回答竟十分牛——"几年前,我们还能向德国和美国学点什么,而现在,再也没有什么可向外国人学习的了。因此,讲他们的语言还有什么必要呢?"在工人中间,这种大国崛起的先进意识和优越感更是不加掩饰。譬如,说到巴黎地铁(莫斯科地铁刚开通,地铁是一个时髦话题),苏联人总是"怀疑地微微一笑",似乎很难相信巴黎也有这玩意儿。甚至有人问起法国是否也有学校，是否也有幼儿园。面对这样的问题，前来苏联“朝觐”的左翼作家只能喟然而叹：“在他们看来，苏联之外漆黑一片。除了几个无耻的资本家，世界上其他所有人都在黑暗中挣扎。”

纪德一行从第比利斯去巴统，途经斯大林家乡戈里小镇时，纪德想给斯大林拍一封电报，表示感谢之情（他们在苏联处处受到热情款待）。在邮局里，为了电文措辞，苏方陪同译员与他发生争执。纪德电文中仅用“您”称呼斯大林，翻译认为必须加上诸如“劳动者的领袖”“人民的导师”这样的修饰语。似乎有一种“伟大”就是语词的叠床架屋。

一年前，罗曼·罗兰在红场上目睹游行队伍朝观礼台山呼万岁的情形，斯大林自娱自乐的“封神仪式”让他倍感困惑。而纪德则痛苦地写道：“经过了多少月、多少年的艰苦奋斗，人们有权发出疑问：他们到底能不能稍微抬起头呢？——人的额头从未垂得这么低。”

二〇一六年二月十三日

读《玩火的女孩》

《玩火的女孩》

[瑞典]斯蒂格·拉森著,颜湘如译,人民文学出版社 2010 年版

这回,二十六岁的女孩莎兰德真正成了故事的主人公。在斯蒂格·拉森的"千禧年"三部曲起首的《龙文身的女孩》中,莎兰德还算配角,虽说是协助布隆维斯特完成对范耶尔家族调查的关键性人物,但她本人的秘密并没有被涉及。她隐秘的身世,以及她自闭的性格和各种潜藏的才能,在这部《玩火的女孩》中才得到充分展示。

拉森的笔墨很从容,开篇是一则多余的楔子,随后第

一部里差不多用了两章篇幅描述莎兰德在中美洲的休闲时光。不过,主人公对加勒比岛国格林纳达的旖旎风光并没有产生多大兴趣,她喜欢躲在旅馆房间里研究数学问题(从毕达哥拉斯到费马),一边忍受着隔壁福布斯先生对妻子施暴的噪声。当然,这些并不都是闲笔。作者用许多诸如此类的细节来堆砌一个高智商女孩形象,还有她过目不忘的记忆力。更重要的是,这里有一桩事情凸显了莎兰德的"暴力倾向"和捍卫女性权益的道德感——那个飓风袭来的夜晚,她在海滩上砸晕了企图谋财杀妻的福布斯先生,使之葬身惊涛拍岸的海啸之中。

开头的这个故事完全游离于全书主线之外,但是奠定了一种性格基调,也暗示了某种政治伦理倾向。拉森的作品显然不是标准的类型小说的套路,他在人物性格上着墨甚多,也试图引入纯文学的隐喻功能。不过,一部侦探小说(你也可以称之悬疑小说、犯罪小说)更重要的是如何设置悬念,如何推进情节,出人意料地一步步去接近真相。在这些基本面上,拉森的手法极为高明,他首先让你摸不到悬念的具体指向。但你觉得要出事。毕尔曼出场就是一个信号，莎兰德这会儿还浑然不觉。三部曲首卷中出现过的毕尔曼律师这回戏份更多，且已在实施一项报复计划。作为法院指定的莎兰德的监护人，此人曾因滥施淫威（还强奸了她）被这女孩惩罚过，莎兰德以牙还牙的反制手段在首卷中已有详尽叙述。毕尔曼这条线索在后边的情节中将与故事主线汇合，但起初的铺垫恰到好处地营造了一种扑朔迷离的效果。

接下来出现了达格和他的女友米亚调查的非法性交易一案，大部分读者可能会以为这就是故事的主线了。在第四章的《千禧年》编辑部例会上，布隆维斯特和同事们讨论了那篇堪称重磅炸弹的专题报道。一些来自波罗的海诸国和东欧的妓女，由黑帮偷运入境，有警方人员参与卖淫活动，其中不乏暴力与虐杀的黑幕。完全可以想象，调查这件事情一定会触动幕后主使者的神经，很快会有腥风血雨的一幕，布隆维斯特早晚要被卷入其中……至于莎兰德，随着案情发展应该会主动介入，这符合她的性格。可是实际的叙事进程并不按照这些合乎逻辑的推理去发展，拉森完全另辟蹊径。非法性交易一案只是一个引子，到这会儿尚未真正入戏。莎兰德回到斯德哥尔摩之后，有条不紊地安排自己的生活，买房子买家具（转移自己的住处），找同性恋女友米莉安共度良宵，查询毕尔曼的信息，去康复中心陪护自己原先的监护人潘格兰（那老头不错）……这些波澜不惊的情节刻画了莎兰德的心细如发，颇有人情味的一面。这期间她遭遇了一次袭击，应该说那是正戏的一部分，可是拉森的障眼法用得极好，看起来只是毕尔曼雇用飞车党搞绑架。而真正的故事仍被延宕着，悬置着。

直到进入第十一章，也就是全书三分之一处（在中译本里已经翻过了一百八十页），出现了一个突如其来的高潮——撰写非法性交易文稿的达格和米亚在自己的住处被人枪杀。事情果然与非法性交易有关，可是谁都搞不清真正的关系在哪里。凶嫌的范围很广，从嫖客、皮条客到完全隐身的幕后黑手都有可能。警方也好，布隆维斯特也好，还有莎兰德的老雇主阿曼斯基的安保公司，一时间都有些犯晕。只有莎兰德心知肚明，达格、米亚的双尸案是因为非法性交易调查触及一个名叫札拉的人。

至此,故事终于言归正传,大搜捕开始了。警方在现场找到的凶器是毕尔曼的自用手枪,那上面检验出莎兰德的指纹。由于很快发现毕尔曼也殒命枪下,于是警方将踪影全无的莎兰德锁定为两桩命案的主要嫌犯。警方的调查把这女孩的身世又翻腾了一遍,她被描述成一个自闭的、失能的、患有精神疾病的青少年,而且具有反社会性格和暴力倾向。警方一方面在莎兰德曾经的雇主和监护人那儿查找线索,一方面延伸向同性恋、摇滚乐手圈子去寻踪觅迹,从米莉安排查到"邪恶手指"乐队成员。

布隆维斯特自然不相信双尸案会是莎兰德所为。他一直将莎兰德视为朋友,可是一年前对方突然跟他切断了所有的联系,现在没法从她那儿获取任何信息。他只能将目光投向涉入非法性交易的所有嫖客和皮条客名单。这有点像大海捞针,但比起警方的思路至少还算靠谱,后来几经周折终于摸到国安局退休警员毕约克那条线索,而且还查清了毕尔曼的官方背景。当然这是后话,刚上手时一切都还漫无头绪。

读者更是一头雾水,这时候读者最想弄清莎兰德究竟是否嫌犯,因为出事当晚这女孩确实跟被害人有过接触。当时,她对达格和米亚说出亚历山大·札拉的名字后,问道:“最重要的是,我想知道你们究竟对他了解多少?”这话让不知对方来意的达格有些隐隐不安。然而,就像电影镜头切换似的,叙述立马转移到布隆维斯特妹妹的生日派对上了。从第十一章莎兰德进入被害人寓所,直到第二十一章她重新露面,谁也不知道这中间到底发生了什么事情。在警察四处排查的这第一周内,作者偏不让莎兰德跟读者照面。像这样的侦探小说,疑问最好不是那种非 A 即 B 的选项,作者在这节骨眼上故布疑阵,存心让读者去胡思乱想。按说莎兰德要杀死一对为妇女伸张正义的情侣似乎没有道理,可是谁也不敢说其中是否另有隐情。

后来布隆维斯特跟莎兰德在网上恢复了联系,他问她是不是凶手,得到的回答是:“如果是我,你会怎么样?”

莎兰德藏匿在新购置的菲斯卡街的公寓里,网络和电视新闻里都是关于她杀人行凶的报道,她完全陷入了被动状态。其实,一开始莎兰德就没打算主动介入非法性交易一案,她虽然痛恨一切虐待女性的恶行,可毕竟不是包打天下的罗宾汉,她去找达格和米亚是为了追寻札拉的线索——那是她自己的复仇之旅。

如果说,首卷中莎兰德介入范耶尔家族一案还是局外人身份,那么在本卷中她完全成为当事人了。这一身份转换,使得一切追查真相的努力变成了一个自我辩诬的故事。在传统侦探小说中,像福尔摩斯、波罗、马普尔小姐那类职业或是业余私家侦探,几乎都是以旁观者的姿态介入案件,他们那种娓娓道来的推理言述展现了上流人士的聪明睿智,有如绅士淑女们共饮下午茶或是牌局上妙趣横生的谈吐。作为探案这种智力游戏的玩家,他们自身并非游戏中的一个角色,倒是或多或少具有叙述主体的控驭力,其令人信服的条分缕析取决于超然事外的清醒与从容。然而,拉森的探案故事却并非那种优雅的主体性叙事,主体性的自我已经碎片化了,几方面的角色都进入了互相搏杀的危境。至于莎兰德,几乎成了一个失语的“他者”。她是探案者，更是一个沉默的当事人。残酷的现实夺去了探案活动本身具有的那种优越的智力感受，而且许多时候她根本没有言述的可能。处于危机四伏的险境中，她在很长时间内甚至不能对布隆维斯特透露自己的真实状况。

毫无疑问，莎兰德的自闭暗示了一种无奈之局，这本领高超的女孩本身却是制度的囚徒。这个悖谬的隐喻使得主人公成了一种卡夫卡式的“不幸存在”。对于莎兰德来说，自己的命运一开始就掌控在警察和检察官手里，还有律师毕尔曼和提供“精神病史”的心理医生泰勒波利安等人，而在他们背后，则是一整套国家机器。莎兰德从十二岁开始就在反抗那个与生俱来的噩梦，以致惹出了那桩被列入国家机密的“天大恶行”。她以个人的渺小形象与“利维坦”式的庞然大物对阵，实在是有些悲壮。

故事进入主线之后，很快形成了四方博弈的局面：莎兰德、布隆维斯特、警方调查组、札拉和金发巨人。四者之中，前三者是追凶的一方，札拉一方是隐蔽的坏蛋。然而，实际上这里并不是一种泾渭分明的局面。首先，前三者并不存在一种协同关系，相反是在互相防范，而莎兰德本身还是警方眼里的嫌犯；其次，警方和布隆维斯特都在明里抓瞎，很长时间内并不知道真正的凶犯是谁，仿佛陷入了目标模糊的“无物之阵”；而互相知根知底的莎兰德和札拉则在一边暗战。

警方本来可以作为一种主导性的话语构形，可是在这里警察偏偏只是法律文本的代名词，由于札拉势力曾得到国家权力的庇护，实际上形成了警方与札拉一方的共谋关系。虽然不能说警察个个颟顸无能，但以整体而论他们代表的是国家官僚体制，在演好某种龙套角色的同时总是在给破案制造掣肘的阻力。在拉森的话语设置中，警察是一种相对次要的负面符号，意味着合法作恶。

对于布隆维斯特来说，麻烦的是莎兰德直到走投无路之前并没有把自己当作盟友。在这桩案子里，绰号“小侦探”的布隆维斯特仍然具有局外人的某种优势地位（在首卷范耶尔一案中他几乎扮演了福尔摩斯那种角色），可是这回他无法重掌大局，问题是莎兰德洗刷诬名加之复仇的叙事话语不可能由他来主导。现在他成了莎兰德暗中的帮手,在最后的关键时刻起了关键作用,就像首卷中莎兰德的最后一击。

亚历山大·札拉千科,苏联军方秘密部门 GRU 的顶尖情报人员,一九七六年在西班牙执行任务失败后叛逃西方。当时瑞典国安局接收了他,这事情成了国家最高机密。由于札拉手里掌握苏联间谍网的大量资讯,他在官方眼里不啻是一座金矿。不过,九十年代以后,随着冷战结束,东西方的间谍游戏已是意兴阑珊,早已成为瑞典公民的札拉千科便转型黑社会了,干起了贩卖武器、毒品和非法性交易的勾当。其实就故事本身而言,札拉如此复杂的身世显得有些多余,他现在只是一个黑帮老大,早就跟政治没有关系了。

既然讲述一个打黑的故事,为什么要扯上这一番老掉牙的冷战背景?应该说,这不是描述札拉黑帮集团地下活动的必要条件。如果以为扯上冷战背景,扯上“国家机密”,是为了保证其黑社会的隐蔽性,那不是一个理由。任何黑社会都会掩藏自己的踪迹,要是没有隐蔽性那就不是黑社会了。显然,作者的意图是要引入关于国家权力的叙事话语。黑帮与国家是一种有趣的关联,恰恰是札拉这样一种特殊身份,只能在国家庇护下生存。事实是,札拉的秘密被封存在国安局的档案柜里,他本人尽可在斯德哥尔摩街头为非作歹(居然还有专人替他打理善后)。近三十年来他成了一个戴着国家面具的幽灵,只有为数寥寥的官员知道他的存在,最终泄露天机的毕约克和毕尔曼是其中两个低阶官员。

当然,还有莎兰德知道札拉千科,因为此人正是她的父亲。一九七七年,札拉千科勾引上了十七岁的瑞典女孩阿妮塔,生下了莎兰德和她的孪生妹妹卡米拉。那是少女阿妮塔噩梦的开始。莎兰德自幼目睹这位父亲如何暴殴可怜的母亲,日后对所有虐待女性的男人视如仇敌。十二岁那年,她把点燃的汽油瓶扔进札拉的汽车里,企图除掉她已恨之入骨的父亲,这就是秘密档案中记载的"天大恶行"。杀父未遂之事彻底改变了她的人生,从此她被关进精神病院,开始有了一系列"不良记录"。本来是一桩家庭伦理悲剧,由于札拉身后有一双国家的黑手(老大背后还有老大)，这事情就纠缠上政治伦理的话题了。

可是对于莎兰德来说，一切政治和法律议题都是扯淡。她相信费马对自己那个著名猜想已有透辟的证明，进入札拉的农庄之前忽然悟出了那个简单得令人惊讶的解法。不消说，自己的事情只能自己动手。最后那个晚上，布隆维斯特在驶往哥德堡的列车上猜到了莎兰德的意图——“潘格兰已经未卜先知地做了分析。莎兰德认为与官方对话没有用，这是她的经验。”他知道莎兰德要干什么，这女孩的复仇计划绝不是将札拉绳之以法，而是要将他消灭。

这里牵涉到如何看待私刑的问题。私刑在法律上没有任何讨论余地，任何人在任何情况下采用私刑都是犯罪行为，现代型国家的法律绝不支持公民擅自施刑。然而，私刑动机中往往包含着一种“前法律”的法理观念，它或许在伦理道德意义上回应着某种成文法的质疑。正如没有人不同情莎兰德的遭遇，像这般饱受欺凌的弱者的反抗总是能够激起道义的支持。尤其从文艺审美的角度来看，个人与国家的对峙足以让人深思(这本身很容易构成一种英雄语境)，而复仇女孩的“玩火”又最能照见人性的光辉。莎兰德的力量完全来自正义的诉求，但她已经不可能考虑手段是否正当，所以其孤身除恶是那样果敢决绝。这不禁让中国读者又想起武松血溅鸳鸯楼的胆略与豪气。人们不能不思忖再三：当恶势力以国家甚至以法律的名义行诸天下，被凌辱的小人物还有多少退路？在许多时候，良知需要站在法律的立场上回视人类“前法律”的正义理念，否则就不能理解为什么好莱坞那些层出不穷的私刑片永远大有市场，为什么中国的武侠小说总是在打打杀杀中演绎着快意恩仇。在审美经验中更重要的是人性的判断，有谓江湖道义，有谓人间正义。这也让人想起迪伦马特的推理名著《法官和他的刽子手》，那位忠于职守的探长贝尔拉赫何以最终也只能以恶除恶，让自己成为法官，而让一个坏蛋成为处决另一个坏蛋的刽子手。有趣的是，贝尔拉赫宣称那是“上帝的旨意”。

拉森的侦探小说有意不取警方的叙述立场，也不采用私家侦探的专业视角，看来其用意不是要写一部真正意义上的侦探小说。他是想对文明社会做出一种更为深入的解剖，在这种通俗文学的样式中涵纳更多的思想内容。他写的是一种个人的救赎（莎兰德），他写的是一种寻找事实与真相的过程（布隆维斯特）。救赎也好，揭露事实与真相也好，其动机本身不需要法律认可。于是，当个人权利遭遇法律壁垒，当黑暗吞噬着脆弱的灵魂，当国家开始为非作歹的时候，什么事情都有可能发生。可是，历史的经验也一再表明，以恶制恶的后果难免是恶行天下。

所以，莎兰德说过，“没有人是清白的”。

原刊《书城》2011 年 7 月号

翻了个儿的世界

《红色骑兵军》

［俄］伊萨克·巴别尔著，戴骢译，人民文学出版社 2012 年版

伊萨克·巴别尔（一八九四年至一九四〇年）出生于敖德萨一个犹太商人家庭。显然，早年的生活环境给他的人生奠定了一种复杂的文化背景。敖德萨是著名港口城市，地处黑海西北岸，今属乌克兰，旧时是沙俄帝国的南方重镇。那是一个五方杂处的地界，混居着乌克兰人、俄罗斯人、希腊人、亚美尼亚人、保加利亚人和犹太人。一九〇五年，敖德萨发生大规模排犹事件，上千名犹太人

死于非命，未满十岁的巴别尔目睹那些血淋淋的场面，终生留下了梦魇般的记忆。他十八岁写的处女作《老施劳埃密的故事》就反映了对犹太人的命运的思索，讲述一个犹太老人因拒绝改信基督教而自杀的故事。

巴别尔天分甚高，自幼学习英语、法语和德语，还在家庭逼迫下学习希伯来语和犹太典籍。像许多犹太家庭的孩子一样，其求学经历显见是在为日后经商做准备，中学读的是商业学校，大学则进入基辅金融与商业学院。可是，对于这种命运的安排巴别尔早已蓄意颠覆，他很早就对文学表现出极度热情，中学的一位法国教师引导他走入缪斯的世界。他喜欢兰波的诗歌，熟读莫泊桑、福楼拜和拉伯雷的作品，还尝试用法语写作。

一九一六年（巴别尔《自传》说是一九一五年），年轻的巴别尔冒险前往彼得堡，他不是投奔革命（革命尚未到来，列宁还宅于苏黎世写作《帝国主义是资本主义的最高阶段》），而是去投奔文学，寻找自己的人文理想。然而，巴别尔的文学之旅也像革命者的地下工作一样，几乎就是一篇惊心动魄的故事。当时沙皇政府严禁犹太人和

“叛逆者”“心怀不满者”进入首都,他用伪造的护照假冒立陶宛人骗过了沿途关卡。多年后,他将自己那段身涉险境的真实经历写进了小说《道路》和《开端》里边。可是,彼得堡并未向他敞开文学的大门,他所有的投稿都被拒之门外,那些文学编辑都劝他去找家商铺做伙计。直到找到了高尔基,其文学命运终于出现了转机。一九一六年十一月,他第一次在高尔基主编的《编年史》杂志上发表了几个短篇小说。可是,这也让他惹上了麻烦,他的小说《浴室之窗》被沙皇政府报刊检察官指控为“淫秽之作”,这使他面临一场可怕的刑事诉讼。幸运的是,就在这时候发生了推翻沙皇尼古拉二世的二月革命,动乱的局势使他躲过了一劫。

高尔基十分欣赏巴别尔的写作才华,但建议他在成为作家之前,“到人间去”深入生活。他听从了这个建议,从一九一七年到一九二四年,整整七年里他离开了文学圈子,沉潜于生活的风浪之中。十月革命前他在罗马尼亚前线服役,之后在肃反委员会(契卡)和教育人民委员会做过短期翻译工作,旋即又去武装征粮队工作。他跟尤登尼奇的军队打过仗，还作为战地记者跟随布琼尼的第一骑兵军进军波兰。一九二〇年六月，俄波战争的升级（布尔什维克军队开始对波兰军队反击）是巴别尔一生中遭遇的最重要的事件之一，日后他根据当时的随军日记写成了自己最重要的作品《红色骑兵军》。

巴别尔于三十年代末斯大林大清洗时被捕入狱，后死于狱中。由于壮岁之年早早撒手人寰，他给世人留下的作品不多，主要是《红色骑兵军》《敖德萨故事》两部小说集，以及生前未收入集子的三四十个短篇小说，还有就是《晚霞》和《玛丽雅》两部剧本。其实，仅以《红色骑兵军》一部作品就足以奠定巴别尔的大师地位。一九二六年，《红色骑兵军》刚刚出版，高尔基就对法国作家马尔罗介绍说，巴别尔是俄罗斯当代最卓越的作家。爱伦堡在回忆录里提到，一九三〇年苏联《新世界》杂志曾向许多外国作家征询对苏联文学的意见，大多数来信都将巴别尔列为苏联作家中的第一号人物（《人·岁月·生活》第三部），而这种评价也主要源自对《红色骑兵军》的激赏。

读《红色骑兵军》，让人惊讶的首先是那简洁、洗练的笔墨。“宅旁的教堂里钟声乱鸣，打钟人疯了。这是个布满星斗的七月之夜。”如此干净而从容的语句，把整个叙述夯得结结实实。不少评论者拿巴别尔跟海明威作比，满世界找过来，有这等本事的好像只有他俩。说来也巧，海明威很早就读过《红色骑兵军》的法文译本，在给友人的信中也曾流露对巴别尔惺惺相惜的意思。细心的读者不难发现，除了言简意赅的语言特点，两位大师还都饶有兴趣地探究生命与死亡的真谛，尤其善于处理生死相遇的瞬间情境，出其不意给人一记心理撞击。在这一点上，海明威的短篇名作《印第安人营地》跟巴别尔书中头一篇《泅渡兹勃鲁契河》就颇有异曲同工之妙。

不过，这些粗泛的相似不等于彼此创作风格的趋同。其实他们的语言趣味大相径庭，如果说海明威的简短是一种“电报式”文体，凝重之中透着几分干涩，那么巴别尔的字斟句酌则几乎带有诗的韵味。像《红色骑兵军》里不时闪出的那些跳荡的语式，甚至嵌合着充满想象的通感手法——“无家可归的月亮在城里徘徊”“我面前是集市和集市的死亡”。巴别尔用诗和箴言的修辞装饰着哥萨克骑兵身后满目疮痍的土地，无尽的苦难从笔下堆积起来，却丝毫不像是蹙着眉头的描写。在任何悲怆时刻，他从未堕入海明威那样的悲凉心境，有时他会用词采斑斓的描述展开一个悲剧的序幕："……我们辎重车队殿后，沿着尼古拉一世用庄稼汉的白骨由布列斯特铺至华沙的公路，一字儿排开，喧声辚辚地向前驶去。"这般亦谐亦庄的句子用来导述血迹斑斑的坎坷历程，相当耐人寻味。

《红色骑兵军》取材于作家本人在布琼尼麾下的战斗经历，但是这些战地实录式的故事绝非通常意义上的革命战争文学，因为没有正邪分明的营垒，没有军事上的谋略较量，更没有浴血奋战攻城略地的激情与豪迈。苏俄内战期间相偕而来的俄波战争至今留有许多悬疑之处，历史卷宗记载着一九一九年至一九二〇年间红军向乌克兰、波兰辗转进军的日程，却把种种是非功罪的思索扔给了后人。在革命激流中成长的巴别尔显然是一个理想主义者，他毫不怀疑布尔什维克革命的正义诉求，可是战争岁月的腥风血雨使他清醒地看到以恶制恶的负面效应——过度的暴力和杀戮开启了以革命的名义戕害革命理想的凶衅。所以在这部由三十五个短篇组成的小说集里，他用讽喻的手法表达了一种睥睨善恶颠倒的立场。巴别尔对他所描写的这场战争显然怀有一种矛盾心理，一方面是旧制度的锥心之痛，另一方面却在忧虑战火对文化和宗教民俗造成的极度毁伤。

《基大利》一篇中，他借那个开杂货铺的犹太老者的诘问点到了思想的痛处："革命——我们对它说'行'，那么，礼拜六呢，难道要我们对礼拜六说'不行'？"礼拜六是犹太教的圣日，如同许多传统事物一样，这些与旧制度相缠绕的东西并不能跟旧制度一起埋葬。然而，摧枯拉朽的哥萨克骑兵们不由分说地改变了整个世界，把斗争变成了癫狂，同时把革命这事情也给戏剧化了。巴别尔在书里大量叙说战争的日常暴行，写了游兵散勇的个人复仇，也写了那些"思维健全的疯人"。在有些篇目中出现了对比性基调，世俗人生的赏心乐事，犹太智者的质朴理念，他还津津乐道地讲述走江湖的圣像画师那种诙谐的民粹思想。他怀着希冀寻寻觅觅——"寻找那颗怯弱的星星"，用超越现实混乱的冷静观照传递着俄国新知识分子的人文关怀。

值得注意的是,巴别尔的叙述语体远比故事本身来得复杂。所有这些充满忧患的故事出自一种清朗明快的手笔,就像是用机警而俏皮的口吻述说摧肝裂胆的苦楚,有意使叙述语言与叙述对象拉开了距离,这种策略显然包含着叙事内容以外的话语意图。《红色骑兵军》虽云短篇,巴别尔却力图在这里勾画更为复杂的生活图景,表现那个时代诡谲万变的精神特征,所以采用了被文学史家称为"狂欢化"的叙述体裁。比之任何传统的自然主义创作,这种从古代"庄谐体"和"梅尼普讽刺体"发展而来的复调小说,不但有着更为贴近现实的仿真性,并且以讽刺性模拟手法大大增强了艺术概括力度。巴别尔非常娴熟地把握着"众声喧哗"的对话关系,在小说里大量采用各种插入性体裁,如书信、报告、复述的对话等,甚至还有墓志铭。由此从不同角度诉诸不同的主体意识,在互相追诘与驳难中凸展各色人等的内心世界——从布琼尼骑兵到马赫诺匪帮,从私盐贩子到牧人出身的红军将领。在这个舞台上，正义和邪恶，真理和谎言，革命和反革命，看上去都不是那么泾渭分明，所有对立的因素构成了令人不安的互动关系，而人生的错位往往就在风云翻覆的情境转换之际。

当然，生活有自己的逻辑，每个人则有自己的行为理由。这里使人想起巴赫金用“翻了个儿的世界”的说法来归纳狂欢体叙述的一个逻辑：帝王变成奴隶，奴隶成了帝王，如此等等。在《红色骑兵军》的话语结构中没有给任何史诗化的东西留下一点地盘，却给读者拓开了更多的思想空间，此如巴赫金所言：“狂欢化把一切表面上稳定的、已然成型的、现成的东西，全给相对化了。”（《陀思妥耶夫斯基诗学问题》第四章）毫无疑问，“相对化”正是巴别尔矻矻追寻的哲理目标。

“相对化”情境也是一个碎片化的世界。即便不了解巴赫金的“复调小说”理论，读者也能感觉到《红色骑兵军》的写法与众不同，因为那里边不同的声音很难相互融合，那种多声部的狂欢体叙述是一下子就能让人感觉到的。譬如《小城别列斯捷奇科》,随着部队开进市镇,两三千字篇幅中散散落落地嵌入了几百年的历史印记,那些看似不经意的细节微妙地叙说着革命与恐怖,战争与犹太人的世俗生活,旧日的恶臭与新政的荒诞……当政治委员在广场上宣讲共产国际代表大会精神的时候,那些“被抢得精光的犹太人”却已完全失去了生活的方向。

这些叙述没有一个主调,没有统一的声音。

首先,这里呈现的不是一个对象化的客体世界,那些人物和事件都尽可能避免成为作家主观意识的投射,而好像是在摹写事物本来的情形,照巴赫金的话来说就是“它们各自的世界”。就像人们在大街上所见,这人边走边用手机告诉老婆今儿不回家吃饭,那人一转身让自行车给撞了,旁边的商场在搞换季服装大甩卖……这一切彼此之间并无关联,如果把这情形用文字记录下来它们就处于同一语境中,当然还可以弄出一些互动关系,但巴别尔决不让它们彼此之间发生意识协调。作为旁观者,你可以有自己的感触,可是在别人眼里你的意识并不代表什么,你自己也是一道宛然自在的风景。

巴别尔的手法就是这样,作为叙述人的“我”不过是故事里边的一个人物而已,或者说也被“他者”化了。这里包含着若干平行或者是交错、对立的叙述原则:战争是一回事,生活是另一回事,骑兵军的征战之外尚有掩映其中的另一套叙事文本,那是一幅幅若隐若现的波兰小贵族和犹太市民的风俗画卷。生活有它本来的价值目标,有它自己的惯性,可是日常节奏一旦被战争所搅乱,革命也难免拖上恐怖的阴影。

值得思考的是作家为什么要这么写。首先是缘于现实的暧昧。巴别尔对无产阶级革命的正义性未予置疑,却从革命进程中发现人们早已偏离人类文明的轨迹,心里的庄严目标与眼前的闹剧扭结在一起,却不能找到真正的联系,这不能不让人产生惶惑之感。既然现实本身就是这么乱哄哄,通过“众声喧哗”的对话关系倒是正好表现生活的复杂状态,因为各自不同的视角便于诉诸不同的主体意识,这是“公说公理,婆说婆理”的价值表述。其次,有一点应予注意,《红色骑兵军》是巴别尔根据自己在一九二〇年俄波战争中的经历写成的,他一九二四年就大体完成了这本书（后于一九二六年出版），相距时间很近，这样的创作在作家意识中不可能抹去那种“现场体验”。显然，这跟托尔斯泰写《战争与和平》的情形不同，巴别尔写理想与现实的歧途，写那些血腥与混乱，并不是一种带有总结性的反思历史的究诘，不是事后的盖棺论定，他是用即时的感受来表现时代的困惑。所以，《红色骑兵军》的叙事所呈现的历史感具有某种罕见的鲜活特征。

《红色骑兵军》的故事里，“我”是总的叙述人，但在少数篇目中又插入了别的叙述人，譬如《盐》和《叛变》两篇，就是以骑兵战士巴尔马绍夫的第一人称叙述。在复调小说中，除了变换叙述文体，变换叙述人也是加强作品“对话性”的需要，巴别尔这种意图非常明显。这两篇虽说出于同一人的叙述，但前一篇是书信体（写给报社主编的一封信），后一篇完全是口述（一次肇事后面对调查人员的供词）。同一个角色的第一人称叙述，因文体不同需要恰到好处地把握文白之分的特点，这也显示了巴别尔驾驭语言的高超能力。

当然，这巴尔马绍夫是个大老粗，写信也不免通篇粗言秽语（如“上帝拉屎”之类），但看得出来，他捏起笔来就喜欢转文，很想写得有些文采，譬如就有这样抒情的段落——“响起了第三遍铃声，列车开动了。美不胜收的夜景映满了天幕。天幕上缀满了油灯一般大的星星。战士们思念起库班的夜和库班绿莹莹的星斗。渐渐地，思绪像鸟儿一样飘飘忽忽地飞逝了。而车轮则哐当哐当地响个不停……”这很契合初学文化的人的笔墨。巴尔马绍夫显然是在部队学的文化（在《叛变》那篇中他自述早先是种田人），《红色骑兵报》上的说法也学得很溜，从这些语言的细处你都可以感受到那个“翻了个儿的世界”的变化。当然另一方面，部队文化也灌输给他一整套意识形态教条，两篇小说都生动地表现了那种动辄上纲上线的语言特点。譬如，当说到要枪毙女私盐贩子时，他写道：“于是我从壁上拿下那把忠心耿耿的枪，从劳动者的土地上，从共和国的面容上洗去了这个耻辱。”

处于疾风骤雨般的大动荡年代，这种修辞方式带来的极度夸张的庄严感很容易满足人们膨胀的心理，如此自以为是表彰自己的“正义”对巴尔马绍夫来说确也显得顺理成章。显然，巴别尔对这一人物的语言表达做了精心考虑，既有强词夺理的癫狂，也不失草根社会的幽默风趣，同时又把屠戮和胡闹加以崇高化，这些东西凑到一起就造成了一种语言杂耍似的喜剧风格。

巴别尔写作《红色骑兵军》时才二十八九岁，对各个阶层的语言都能掌握得那么好，这让人大为惊讶。不用说，这跟他“到人间去”的生活体验息息相关。爱伦堡的回忆录《人·岁月·生活》中专有一章写到巴别尔，其中他带爱伦堡去小酒馆聊天的情形给人印象尤深。巴别尔喜欢在各色人等中间混来混去（爱伦堡说，他有从事各种职业的朋友——工程师、驯马师、骑兵、建筑师、养蜂人、钢琴师……），学习他们的语言，观察各种场景各种细节，永远保持对生活的兴趣。

当然，小说语言并不仅仅是运用辞格的技巧，有时语言本身就是某种话语方式，这也是巴别尔特有的叙述风格。在《夜》那一篇里，写了一个叫加林的部队办报秀才，如何追求列车洗衣妇的故事。作为爱的表白，阿Q跟吴妈直说“我和你困觉”，而加林却对着睡意蒙眬的伊琳娜扯东扯西，整个晚上喋喋不休，从俄国皇室之乱说到党中央“因势利导”改造哥萨克军队，又扯到第一骑兵军的“政治教育”。伊琳娜睡着了，加林还在那儿说个没完。这番“荒唐的爱的表白”看上去没有一个字扣题，却恰恰道出了那份爱的失落。场景、细节、对话，每一笔都那么传神，而那么细微的描述却有着十分宏大而复杂的背景。一边是充满激情的革命话语（包括《红色骑兵报》的政治宣传），一边是疲惫和困乏，是无尽的伤痛，是被战争苦难压垮的人们，这中间没有爱情的位置。

巴别尔写战祸与苦难，写暴戾与残酷，一点没有给人撕肝裂肺的感觉，通篇都是明快的叙述节奏、充满俚俗之趣的对话与细节，这就把揪心的痛楚转化为一种反讽，带出了无尽的思绪。难怪博尔赫斯是这样评价《红色骑兵军》的，他说这是“一本独一无二的书”，“具有音乐性的语言风格，与几乎难以形容的残酷的场面描写形成了鲜明的对照”。（《伊萨克·巴别尔》，见《博尔赫斯全集》散文

卷下,浙江文艺出版社 1999 年版)

二〇一二年二月十四日
收入《红色骑兵军》(企鹅中文版),
人民文学出版社 2012 年版

“有关政治的超越政治话语”

《耶稣的童年》

［南非］J.M.库切著，文敏译，浙江文艺出版社 2013 年版

J.M.库切的小说新作《耶稣的童年》于今年三月面世，中译本与海外英文原版几乎同步发行，国内媒体对此多有报道和评论。尽管许多读者早已熟知库切热衷叙事实验的艺术兴味，但是对于这样一部寓言性作品还是颇感意外——一个完全按时间顺序推进的单线索故事（叙述层面上似乎没有多少“技术含量”），而且采用较为生活化的写实手法，文字相当简约与平实。书中没有疾风骤

雨般的情感倾泻，没有大段的玄思臆想和心理描写，甚至看不出有什么明显的喻象。这种反常的“简单叙事”无疑造成一种疏离效果，反倒让人格外关注书中人物的真实处境，费心琢磨故事的内在寓意。

中译本卷首刊有学者许志强撰写的序言《新移民故事》（亦见《书城》二〇一三年四月号），一篇很精彩的解读文章。其中着重从全球化视角探讨“新移民”的文学内涵，寻绎现代人在“无根状态”中的自我启蒙历程，包括“克服历史记忆的阻碍，寻求作为难民—移民—公民的权利”等等。显然，许序的诠释主要着眼于当代文化身份的隐喻关系，结论部分关于民族文化独立性的幻觉之说亦在另一层面上揭示了“新生活”的时代属性。不过，对于这部小说叙事意图仍然可作多方面思考，如果换一个审视角度，对书中描述的人生境况以及社会形态细加考察，也许会有另一种认知途径。

本文提供的阐释方案是将库切这部作品定义为反乌托邦小说。不过，这里要陈述的意见并非与许序商榷，因为这个颇为费解的新移民故事本身很可能是一个“罗生门”。

一

寓言小说通常采用某种不确定的虚拟背景，这部作品同样如此。故事中的诺维拉是虚构的某个西班牙语国家的一个海滨城市，亦未交代是在欧洲还是大洋另一侧。其实，“国家”在这里似乎并不存在，书中有几处偶尔出现的“国家”字眼亦可理解为人物所抵之处（原文是 country，这与 state 或是 nation 意义上的国家概念完全不同），并不是作为政治实体或是民族共同体的“国家”。作者将他的人物带入这样一个“乌有之乡”（nowhere），旨在剥离现实世界之政治语境。

小说的中心人物是名叫西蒙和大卫的一老一小，他们似乎是作为难民乘船而来，在海边沙漠中贝尔斯塔营地待了六个星期（强制学习西班牙语），然后到诺维拉来寻求安置。小说开头他们已出现在诺维拉安置中心，西蒙向工作人员安娜解释自己和大卫的关系——这孩子既不是他的儿子也不是他的孙子，他们在船上相遇，由于大卫与自己母亲失散了，又丢失了可证明其身份的信件，西蒙便自动承担起照料孩子的责任，还要帮他去寻找母亲。耐人寻味的是，小说并没有直接说明他们的难民身份。“营地”（camp）一词自然让人想到难民营，但似乎又回避了“难民”的定义。在诺维拉安置中心，在随后描述的新移民生活中，都没有出现“难民”一说。他们被称作“抵达者”。他们从哪里来？何以乘桴浮于海？这里一概不作交代。书中一再提起，他们的过去和记忆都被“洗白”了，就连西蒙和大卫的名字也是在营地给取的。新移民，新生活，一切都从头开始。这或许是一个创世的隐喻。

库切在《凶年纪事》的一篇札记中谈到澳大利亚的难民收置问题，将位于该国南部海滨的巴克斯特羁押中心比作臭名昭著的关塔那摩湾，因为许多难民被“遥遥无期地羁押在那个沙漠中的囚笼里”。贝尔斯塔（Belstar）很像是巴克斯特（Baxter）的音转，但贝尔斯塔的情形显然比较人道，抵达者至少受到体面的接待（也许要抱怨食物单调），这是通向“新生活”的中转站。大概就是在培训西班牙语的同时，抵达者抹去了过去的记忆，洗去了（或是被洗去了)他们身上的“旧痕迹”。至于怎么个洗法小说未予解释,“洗”如果作为一个抽象动词,中国读者很容易想到“洗心革面”的成语(《抱朴子·用刑》谓:“洗心而革面者,必若清波之涤轻尘。”)

新生活从诺维拉开始。这地方显然是一个和谐社会,安置中心给西蒙和孩子解决了临时食宿,西蒙很快在码头上找到了工作,几个星期后他们又分到一套住房。小说对他们位于东村的单居室公寓有简单描述,总之“条件还过得去”。整个住宅区倒很有中国特色,有点像是福利分房时期建造的工人新村——

> 那些街区都规划成统一的模式,全是四层高的楼房。每一层有六套公寓房,楼前都有一个小广场,其中建有一些居民公用设施:一个儿童游乐场,一个戏水池,一个自行车棚,还有晾衣架什么的。

不知苏联、东欧或是古巴等社会主义国家的福利住房是否也是这类模式。不光住房免费,诺维拉的福利社会主义可谓无处不在。在这个城市，抵达者都能领到一笔安置费，公交车是免费的，看足球赛无须买票，工人就读业余学校也不用花钱（还免费提供夜餐）……有一次西蒙因工伤住院，竟能享受单人病房，因为一切都由工会买单。其实，这些无处不在的福利制度恰恰表明国家机器无处不在。

小说有意淡化“国家”与权力机构，显然不想坠入任何制度与政治理论的话语困境。姓资姓社不重要，在这个虚拟的和谐社会中，关键是没有实质性的矛盾冲突。首先是没有贫富分化的阶级矛盾，其次也没有种族问题。这里有工会组织，却并无工人运动。在码头上用刀子划伤阿尔瓦罗的达戈先生是少见的不和谐因素，对这类事情不必大惊小怪，没有人需要操心诺维拉的治安状况。总之，人们没有痛苦，没有愤懑，更没有想入非非的欲求。因为没有矛盾冲突，自然不需要暴力维稳。安排好基本民生问题，国家机器大可隐而不彰。

西蒙在码头上做装卸工，跟工友们都相处得很好，领班阿尔瓦罗和同事欧根尼奥那些人都成了他的朋友。在东村小区，他还结识了埃琳娜母子，一度跟那女人几乎走到谈婚论嫁的地步。在这个新世界，似乎跟任何人发展友情都有可能，每个人都是走进新生活的异乡人，人与人之间都被扯平了。从西蒙的言谈和思维来看，此人在“过去”的世界里像是知识分子，现在他从事扛麻袋的重体力劳动，有时会感到不适，但他丝毫没有瞧不起这种卖苦力的劳作。他在竭力融入这个社会，也想成为阿尔瓦罗、安娜和埃琳娜那样的“新人”。

这个乌托邦的源头是贝尔斯塔营地，在那儿历史已被终结，人的欲望也被终结。所以，诺维拉社会主义不必建构意识形态的条条框框，不必鼓吹阶级斗争和暴力革命，只需要引入符合传统社会主义的朴素想象——这是推演“新生活”图景的逻辑起点。

二

当然，诺维拉社会主义只能建立在相对简陋的物质基础之上。因为这儿没有市场经济土壤，“国家”就是那只“看不见的手”，用自己的独特方式安排一切经济与民生事务。所以,码头粮仓里堆积了大量谷物,任由鼠啮虫噬,且又源源不断大量进口粮食。在这里,食物并不十分短缺,但食品种类相当单调,通常每天都是乏味的面包。小说里多次提到很难弄到肉食,阿尔瓦罗告诉西蒙,想要吃肉只能逮老鼠。压抑自己的食欲和别的欲望是"新生活"的基本要义之一。安置中心的安娜是比西蒙先来的抵达者,她让西蒙和孩子学会压抑自己的饥饿感,因为"饥饿就像你肚子里的一条狗:你越是喂它,它就要得越多"。

这个新世界没有发展生产力的要求,码头上的作业方式相当落后,完全是人力卸货加畜力运输。西蒙曾向阿尔瓦罗建议采用吊车或是气泵管道输送谷物,被认为没有必要。后来道路管理局拨来一台闲置的吊车,试用时出了事故就再也不用了。没有竞争的社会自然不需要提高劳动生产率。所以,诺维拉的经济萧条可想而知,整个港口除了卸粮的二号码头,别的码头都是空荡荡的。诺维拉的新人们好像比较满足于这种经济状态,因为在他们看来事情本来就是这样。这是西蒙跟阿尔瓦罗和工人们的思想产生分歧的根源。第十四章里,有一段在码头上苏格拉底式的广场辩论,欧根尼奥跟西蒙争论开了——“我们的朋友西蒙说应该用机器来为我们做工,因为历史就是这样发号施令的。但历史并没有告诉我们要放弃诚实的劳动,这是懒惰和懒惰的诱惑。”而在西蒙看来追求效率是历史的必然,他反对的是那种“无效的劳动”,还一针见血地指出:“我们在这里的劳动无非是摆出一种英雄主义的盛大场面而已。”从这场辩论可以看出,“新生活”的基本要义还包括思想与心灵的自觉禁锢,所以阿尔瓦罗说:“这儿没有聪明机灵的地盘,只有事物本身。”

书中有些地方隐约透露对思想舆论的管控。譬如,广播里只有音乐,没有新闻。譬如,业余学校的语言课程只讲西班牙语,没有任何别的语种。而业余学校的哲学课偏讲“椅子的椅子性”之类,那种存心将人练成傻子的把戏。在小说叙述中,这些意识形态控制只是隐晦的闪露,这里没有思想警察和告密者,诺维拉不是奥威尔《一九八四》描写的大洋国。在奥威尔的小说里历史在不断被修改,而库切这儿早已毕其功于一役——删除了记忆就只剩下无可替代的现实存在。

“只有事物本身”,所以这儿的人们不会有幽默感与想象力。在夜校餐厅里,西蒙问上完哲学课的装卸工,“你们弄明白椅子是什么了?”那些人都茫然不解地看着他。说到西蒙感兴趣的人体绘画课,一个小伙子的说法像是话中有话,其实人家只是一根筋地就事论事。

也许是在贝尔斯塔没有“洗”干净,西蒙多少显得有些“另类”。他脑子里还留有旧世界的某些印记。虽然抛弃了自己的历史,可他在辩论中却直言强调历史的观念。“观念不可能被我们洗掉,甚至不会被时间洗掉。”他不能抛弃启蒙与进化思想,而且他还觉得自己“对这些人是有责任的”,不能看着自己的同伴“循着错误的方向前行”。他认为劳动应该有其终极意义,而码头上的作业让他看不到这种价值。他对阿尔瓦罗说过这样一段话——

把东西从 A 处搬到 B 处,搬完一袋再搬下一袋,

> 一天又一天地这样搬下去。如果我们的汗水都是为了某个更崇高的事业，那又另当别论。然而，吃是为了生活，生活是为了吃——这只是细菌的生命形态，不是……

如果说历史终结于诺维拉社会主义，西蒙所描述的人生境况在本质上倒也像是福山所说的“最后之人”。

三

在诺维拉，西蒙先后接触过三位女性。安置中心的安娜年轻漂亮，对西蒙很有吸引力，但是在公园喷泉旁那次野餐彻底粉碎了他的想入非非。他们以讨论、争辩的方式谈论人的欲望问题（从食欲到性欲），倒是安娜先发制人表示自己没有兴趣“跟男人做这事”。这女人有一套杜绝将内心的欲望变成行动导向的理论，她逼着西蒙讲述男性求偶的性心理活动（“由于美貌引起拥抱的欲望，产生那种吸引力”云云），然后将之痛斥为“荒唐”和“丑陋”。也许一开始安娜让你想起《一九八四》里边的朱莉亚，那个系着“青年反性爱同盟”的红腰带，处处表现“思想纯洁的气质”的黑发少女，后来竟不惮风险跟温斯顿共筑爱巢，以至读者大跌眼镜。可是安娜不是朱莉亚，这是真正的“新人”。西蒙的感觉是对的，这个总是拿出苦行者口吻说教的安娜就像是修女。

东村小区的埃琳娜是西蒙接触的第二位女性，他们的交往很顺利，主要是由于大卫和埃琳娜的儿子费德尔成了好朋友。这女人瘦削、憔悴，并不漂亮（还生着一副龅牙），西蒙没费多少事就跟她同衾共枕了。其实，埃琳娜对性爱也是毫无兴趣，做爱只是应付差事。她是为了两个孩子的友谊跟西蒙走到一起的，在她想来以友情为基础跟西蒙组成一个家庭也不错。对她来说友情已足够，她不认为性爱能够提升他们的关系。在转变为“新人”的同时，埃琳娜已将性事体验扔在旧世界了。这样的性爱当然不能让西蒙满足，他问埃琳娜：“你是否问过自己，我们为这种新生活付出的代价是否太大了？忘却的代价是否太高了？”

第三位出现在西蒙生活中的女性是原先居住在 La

Residencia 的伊妮丝，她就是西蒙替大卫找到的“母亲”。故事进行到将近三分之一的地方，这一老一小去远郊游玩，本来是想沿着步行小径走到湖边，却不经意走入一座爬满常春藤的古宅。La Residencia 是西班牙语居留点的意思，这座颇有年头的石头建筑应该是旧世界的孑遗，书中没有提到诺维拉别处还有这样的历史遗存。当时伊妮丝和她的两个兄弟正在打网球，西蒙隔着铁丝栅栏看到跑过来捡球的女人，心里就像“被什么东西搅动了一下”。这女人的微笑和声音让他觉得似曾相识，就凭着这种感觉，西蒙断定她就是自己要给大卫寻找的母亲。在小说的假定情境中，这是一个介于是与不是之间的问题——既然大家的记忆都被“洗”过了，这事情不会有确切答案。后来，也就是在接下去的第十章里，伊妮丝竟然同意做大卫的母亲了。由于 La Residencia 不允许儿童进入，西蒙把东村的公寓让给她和大卫，自己住到码头上去。当然，作为大卫监护人的西蒙与作为母亲的伊妮丝还将有许多故事，只是他们之间并无通常所说的男女之事。不过在埃琳娜看来，西蒙把孩子给了伊妮丝无疑是爱上了她。

伊妮丝倒不像安娜和埃琳娜那样满脑子禁欲观念，只是西蒙并非她中意的男人，她似乎喜欢着那个戴耳环、玩刀子的达戈。这达戈先生是另一种“另类”，浑身散发大胆放肆的青春活力，相比之下西蒙这种理性、规矩的老派人就显得乏味了。但是，涉及大卫的诸多事务，她又离不开西蒙，其情形正如西蒙所说“我们不是配偶关系。不过我们三人是一个家庭”。许志强在中译本序里将西蒙、伊妮丝和大卫三者称作带有喜剧性的“偶合家庭”，并援引圣经福音书里圣灵托付玛利亚为耶稣母亲的典故，令人信服地阐释了“耶稣的童年”这个书名的由来。这三者或可比拟于那个“神圣家庭”，其中虽说并无真正的宗教含义，但也可视作反抗诺维拉世俗社会的一种隐晦的喻象。大卫这个童年“耶稣”是矛盾冲突的根源，小说后三分之一的故事基本上围绕大卫展开。

小说始终没有揭开 La Residencia 的神秘面纱，作为旧时的高档住宅，那里边条件依然相当优越。同样来自异国他乡的伊妮丝为何被安置在那儿？好像并没有特别的原因。有一次埃琳娜跟西蒙谈到伊妮丝孤傲的秉性，是这样说的:“住在 La Residencia 也没有使她变得比我们更好。我们都是从无到有,重新开始的。她不过运气好,落脚到那儿。”不过,那座房子里肯定有什么难以言述的状况。后来他们在逃亡途中,伊妮丝跟西蒙说起——

“你真的觉得,”伊妮丝说(他说不出什么,但能听出她话里的感觉),“你真的觉得我不想要一个自己的孩子?你觉得一直关在 La Residencia 里面是什么状况?”

现在他可以给那种感觉命名了:苦。

四

快到大卫六岁生日时,他们的邮箱里收到一封信,通知孩子父母或监护人,到这个岁数的孩子必须进入公立学校去念书。平时看不见摸不着的“国家”,这时候戴着法律面具出现了。大卫上学是导致这个“偶合家庭”最后逃亡的起因。

西蒙早就发现大卫是个相当聪明的孩子,阿尔瓦罗教他下棋才两个星期已经赢不了他。欧根尼奥跟这孩子下快棋几分钟就败下阵来，不由惊叹“你里面真的有一个魔鬼哩”。这孩子确实有一些不同于常人的思维方式，好像是某种超常的想象（或幻想），总是在书页之间或是数字序列间看到“裂缝”与“洞洞”。大卫不喜欢学校，不喜欢诺维拉通用的西班牙语（其实他西班牙语不错），他想说“自己的语言”，他还有自己的计数方式。当然，他这种超越一般知识体系的奇思怪想尚属幼稚阶段，不像博尔赫斯小说里写到的富内斯那样自有一套完整建构。库切的《凶年纪事》里有一篇札记专门谈到《博闻强记的富内斯》那篇小说（他称之“严肃的哲学寓言”），推究主人公“自行编码”的寓言性，想到人们遵从的一些“思想范式”没准也相当于某种“私人语言”。

库切并未将大卫描绘成处处挑战世俗庸众的天才儿童，这里塑造一个异常孩童的形象，只是借此表现某种超越政治话语的异质思维——小说需要这样一种反作用力。当然，大卫在学校里肯定有不安分表现，譬如在老师面前假装不会阅读、书写和计数，或是提出自己的古怪想法。为此，班主任里奥先生和驻校心理专家奥特莎太太都大伤脑筋，提出将大卫转到阿雷纳斯角的特殊学校去。西蒙和伊妮丝没能阻止教育当局的转学计划，在听证会上审理委员会完全支持校方意见。他们还被告知，即便上诉民事法庭也无法改变委员会的仲裁。就在裁决当天，伊妮丝产生了逃亡的念头，她听说阿雷纳斯角是“扔弃不良儿童的垃圾场”，打算带着大卫逃到“能躲开他们迫害的地方”。

对抗性矛盾终于出现了。西蒙不赞成这个出逃计划，他告诫伊妮丝“我们的境况无法挑战法律”。这大概也是从“旧世界”带来的人生经验。

“就算法律是坏的也不能？”

“问题不在好坏，伊妮丝，这是权力的问题。如果你逃之夭夭，他们会派警察来追你，而警察一定会逮住你的。你会被宣布为不称职的母亲，孩子会从你身边被带走。他会被送到阿雷纳斯角，而你将为重新获得监护权而卷入永无休止的死缠烂打之中。”

能够推行社会福利的权力同样也能摧毁公民的生

活。在诺维拉,这种来历不明的权力已经被法律所认可,而且没有制约它的力量。在尽量避开政治语境的叙述中,按照库切的推演,个人意志就这样开始陷入与国家权力不可调和的冲突之中。国家从来不喜欢自以为是的公民,哪怕他是一个孩子,就像里奥先生所说"班里只有一个权威,不能有两个"。

面对流亡与日后的苦难,西蒙确实表现得瞻前顾后。库切丝丝入扣地塑造了一个哈姆雷特式耽于思考的性格。走,还是不走,确实是一个问题。当西蒙在码头出事被送进医院期间,阿雷纳斯角的人开车来把孩子带走了。不过大卫很快又从那儿逃了出来,据他描述那是一个围着倒刺铁丝网的可怕地方。为躲避教育当局再把大卫捉走(实际上已经来人威逼了),伊妮丝执意要带孩子出逃。按计划本来是由她的兄弟迪亚戈陪同上路,不料事到临头迪亚戈突然变卦,刚刚出院的西蒙只能将监护人的职责承担到底。他开着迪亚戈的老爷汽车,载着女人和孩子离开诺维拉,一路向北。他们要去北方的埃斯特利塔,尽管途中出租屋的罗贝尔太太说那是世界上最乏味的地方，可是他们没有更好的选择。西蒙明知这种颠沛流离的生活不适合他们，但执拗的伊妮丝心意已决。伊妮丝的出逃是为了大卫，也是为她自己。当初她离开 La Residencia 不就是一次出逃？

其实，对诺维拉社会真正具有理性认识的是西蒙。西蒙的性格中早就烙下被生活百般蹂躏的痕迹。伊妮丝觉得西蒙缺乏抗争的勇气，而埃琳娜又嫌他总是活在“旧世界”的记忆中，仍是一个“被新东西裹得严严实实的旧生命”。“看看费德尔，”她说，“看看大卫。他们可不是属于记忆中的生命。孩子们生活在当下，不是过去。为什么不向他们学学？”她以为孩子们没有历史记忆会生活得更好。说这话时大卫还享受着学前的快乐时光，而西蒙已在码头辩论中陷入孤立，身边失去了大卫，自己的私生活（包括性生活）亦有诸多不顺。但埃琳娜恰恰说错了，因为问题就出在当下。一个割断历史的当下，不管它是否建立在某种意识形态基础之上，不管它有多少民生举措，事实上它已经限定了人们卑微的生存方式。

当然，小说本身给出一种试图超越政治的虚拟语境，其叙事语义的推演轨迹完全循着普通人之非政治行为，意在从带有理想色彩的平等社会中揭示一种个人困境。就小说题旨和叙事趣味而言，《耶稣的童年》跟二〇〇七年问世的《凶年纪事》有许多内在联系，也许那时作者已经有了这部小说的构想。在《凶年纪事》第一篇札记《国家的起源》中，作者先是描述了国家对个人的诸多典制化的强制措施，随后不无困惑地质问："为什么在政治之外谈论任何政治的事情都很困难？为什么涉猎政治的话语本身没有不带政治意味的？对亚里士多德来说，答案是政治乃建立于人的本性之上，也就是说，是我们的命运的一部分，就像君主制是蜜蜂的命运一样。为求臻于表述的系统性，有关政治的超政治话语在这里毫无意义。"这个"有关政治的超越政治话语"概念正是《耶稣的童年》叙事实验的动机，乃由情节发展一步步推演出"新世界"的宿命。如果说《凶年纪事》揭示了民主的专制（譬如"民主不允许政治脱离民主的体制"），那么这里则是针对伪善的极权主义政治。在这里，故事从头到尾带有着这样一番澄澈透明的演绎逻辑：在初抵温饱的生产力水平上如何建构一个和谐社会，国家如何行使对公民的人身支配权力，以及人性对制度和法律的承受程度，等等。

并非人人都觉得“新生活”使自己付出过高的代价。阿尔瓦罗、欧根尼奥和埃琳娜那些人就从不抱怨什么。甚至，小说最后出现的加西亚医生认为自己过得很幸福。阿尔瓦罗对西蒙说过一句很有哲理的话：“这是唯一的世界。不管这个世界是不是最好，这都不由你也不由我来决定。”由此可见，库切的反乌托邦叙事不是像奥威尔《一九八四》那样直接究诘政党、纲领与体制层面的问题，显然他更侧重个人的生存感受，而且着意表现人性的多样与复杂。库切用一种陌生眼光打量诺维拉的新社会，从平等、和谐、井然有序的社会氛围中透视反乌托邦的人性陷阱。

据说奥威尔《一九八四》的创作动机来自其本人参加西班牙内战的经历，那期间他接触过形形色色的革命家和社会主义者。库切将《耶稣的童年》的背景置于一个西班牙语的国度，很难说是否跟奥威尔的西班牙灵感有某种联系。在库切早年的《内陆深处》里，西班牙语有如美妙的天籁之音，被主人公想象为具有普世意义，现在成了这个“新世界”用以整饬思想的工具。大卫讨厌这种语言似乎是出于儿童的灵异感应，他与西蒙有过这样的对话：

“来世我们也要说西班牙语吗?”

“肯定不会。说不定，我们没准儿要学中国话呢。”

二〇一三年六月九日

原刊《读书》2013 年第 9 期

事情发生了

《终结的感觉》

［英］朱利安·巴恩斯著，郭国良译，译林出版社 2012 年版

托尼·韦伯斯特比他大几岁，二十世纪六十年代的高中生（接着上了大学），那时候他还在读初中，三角函数公式没等背熟，“文革”就开始了。韦伯斯特先生是英国人，是巴恩斯小说《终结的感觉》的主人公，书中以其第一人称回述往事，雪泥鸿爪，似亦茫然难辨。一开头是同学之间各种烂事。一个男生把女生肚子搞大了，然后惘然无措地自寻短见。托尼和同伴对此惊羡不已——那家伙

凭什么搞上人家女孩（“生生地把她上了”）。而艾德里安·芬恩另有所见（“加缪说，自杀才是唯一的真正的哲学问题”），竟对校方未予透露的自杀细节更感兴趣，艾德里安就是比别人看得更深更透。这小说里的情形跟自己当年学校生活完全两路，他们不像英国男孩那么有想法，倒亦绝无猥亵之念。要说羡慕嫉妒恨，多半是冲着班里几个学雷锋标兵，人家就像歌里唱的“我在马路边捡到一分钱，把它交给警察叔叔……”（总能捡到一分钱）。那时候他们关心的是越南人又击落了几架美国飞机，教室后墙上有一张统计图表，逐日登录北越军民的辉煌战绩。

教历史的老亨特不会让课堂显得过度无聊，那回让点到名字的同学归纳一下亨利八世时代的社会特点。马歇尔敷衍地回答“那时候动荡不安”，老师要他作更详细的阐述，这小子摆出思考的表情说：“老师，当时非常动荡不安。”教室里是不是该笑喷了。这让他想起自己在政治课（当时那门课叫“社会发展史”）跟老师拌嘴的一幕。老师的问题是：“中国革命为什么会成功？”他忘记了课本上是怎么说的，装傻充愣地反问道：“革命成功了吗？如果是成功了,为什么现在还天天念叨革命?"老师冷不丁被问住了,教室里几十双眼睛都看着那颗粗大的喉结在上下滑动,一个个都在偷着乐。虽说"继续革命"的绞杀程序早已启动,当时还没人能够完整领悟那套宏大叙事的真义。老亨特又喊到艾德里安,"芬恩,你来回答。这段历史你熟悉吗?"艾德里安的回答绝对酷毙,"恐怕谈不上熟悉吧,老师。但是,要形容任何历史事件——譬如说,即使是第一次世界大战的爆发——我们唯一真正可说的一句话就是:事情发生了。"

"事情发生了",是将历史拽入"现在"的门槛。他为这个存在主义命题困惑已久。翻过海德格尔的《存在与时间》,终于读不下去。萨特的《存在与虚无》文字还算顺溜,可读下去也要有足够的耐心(那书厚得像块砖头)。萨特指出:"从根本上说,小说家和诗人们所强调的正是时间的这种分离性。"这话算他说对了,可接下来又说:"即一切'现在'都注定要变成一种'过去'。"说对了也是一句废话。

他想起胡风的诗篇《时间开始了》。“时间开始了…… / 好像是风浪停息了的海 / 只有微波在动荡而过 / 只有微风在吹拂而过 / 一刹那通到永远—— / 时间 / 奔腾在肃穆的呼吸里面……”现在能记起来的不是这些颇具通感的诗句,却是不忍心去回忆另外一些谄媚的赞词。其实他早就知道,时间岂止是“开始”了,而且将不断地“开始”。

很难想象二十二年的牢狱生涯对诗人(生命个体)意味着什么,但“肃穆的呼吸里面”只能是一个无声的中国。对于历史而言,诗人的讴歌往往最不靠谱。时间开始了,历史就开始被屏蔽,“一刹那通到永远”的现在时态锁闭了所有的心灵,时间注定要成为记忆的坟墓。

然而,事情照样发生,而且总是给后人留下一笔笔烂账。艾德里安曾说,“不可靠的记忆与不充分的材料相遇所产生的确定性就是历史。”

可是这位获得剑桥奖学金的天才少年却割腕自杀了,艾德里安那时已读到研究生了。自杀的动机被理解为“主动介入人生”,因为其遗书中有言“生命是一份被动接受的礼物”,显然是一桩很不情愿的事情。这种“主动介入”跟胡风的“主观战斗精神”不是一回事,可是骨子里同样透着精英的“逼格”。艾德里安的自杀也没有更多细节,托尼、科林和亚历克斯讨论来讨论去,只能从哲学的意思上去领悟。其实,三个伙伴的追忆和缅怀同样是将“不可靠的记忆与不充分的材料”搅和在一起。他审视自己的一生,一再扪心自问:在人生的各个节骨眼上,自己是否有过“主动介入”?好像不曾有过。从“文革”到上山下乡,再到一九七七年考大学……哪一回不是被潮流裹挟而动?对他而言,积攒无数的遗憾并非缘于生命本身之被动,一切的机缘都在于“事情发生了”,这个世界容不得他事先擘画。时间开始了,于是所有的人都一窝蜂地奔逐而出。

托尼不大爱听交响乐,喜欢德沃夏克的弦乐四重奏,其实更喜欢老派的流行音乐。这一点他跟托尼很像。他和托尼都属于那种理性而平庸的男人。小说里没有提到任何电视娱乐,他不知道托尼是否也看《非诚勿扰》一类的相亲节目，大概不会有此兴趣。托尼有过失败的初恋和破裂的婚姻，再来一场“黄昏恋”怕是又搞得心身俱疲。其实，许多人着迷于相亲节目并非出于择偶动机，只是一种窥私心理。他不是一直在揣度维罗妮卡的每一个行为吗？

维罗妮卡就是托尼的初恋女友，后来又跟艾德里安好上了——当然，这事情让托尼耿耿于怀，其间夹杂着许多难以解释的疑窦。维罗妮卡跟他分手的原因并不明晰，大概是不喜欢他比较畏缩的性格。从托尼的叙述中确实也看不出他有过大胆狂热的追求。也许，后来维罗妮卡是将托尼的性格缺陷认定为责任缺失，她一直怀有这份怨怼。

神秘的维罗妮卡是这部小说的核心人物，作者用她来颠覆时间、历史与记忆，使得整个叙述敷设了一层悬疑色彩。在小说第二部，也就是托尼进入退休生活的当下时态，突然收到一份律师函：已逝的福特夫人（也就是维罗妮卡的母亲）在遗嘱中交代，有馈赠他的五百英镑，还有一本艾德里安的日记要留给他。这份遗赠有些难以解释，其实他跟福特夫人只是四十年前见过一面。那次在福特先生家中做客感觉很不好，只有这位女主人给他留下亲切印象，难道这份遗赠是为当年家人不得体的行为表示歉意？可是，艾德里安的日记怎么会在她手里？因为想解开当年的一些谜团，托尼亟欲获得那本日记，而实际上日记却被维罗妮卡拿去了。小说后半部分主要叙说托尼如何找寻和约会久已失联的维罗妮卡，设法从前女友手里拿到那本日记。接下去跟维罗妮卡的周旋写得很细碎，不时夹杂着记忆闪回，种种揣度与自我审视，弄得扑朔迷离。

这样布设悬疑好像有些小题大做，虽说虚构作品从不排斥窥私叙事，但完全堕入其中似乎也不大对路。好在巴恩斯文笔不错，叙述很有肌理，小细节小感觉都拿捏得那么好。你不能怀疑这样的作品缺乏格调。他有时怀疑自己是否感觉粗糙。其实，他跟托尼不是一路人，托尼总是纠缠于日常感受，对一些鸡毛蒜皮的小事也是那么敏感而执着。

看过美剧《国土安全》吗？现在播到第四季了。想来托尼对好莱坞鼓捣的玩意儿不感兴趣，这没关系。不过，他要告诉托尼，事情发生了，但并不是你料想的那样。CIA 伊斯兰堡站长巴克曼的情报从未出过差池，这回却把凯莉给坑了。无人机对那处恐怖分子窝点进行精确打击，整幢建筑物都炸飞了，基地头目哈卡尼仍然漏网。当时那儿正举行一场婚礼，轰炸留下的废墟上遍是尸体——面对铺天盖地的舆论谴责，美国政府矢口否认误炸平民。然而，一段用 iPhone 摄下的婚礼视频很快在网上传开，这让白宫极度难堪，同时给凯莉提供了追踪的线索。悬疑是遮蔽了人与事的逻辑关联，作者故意不告诉你艾德里安日记怎么会出现在福特夫人的遗嘱中。巴克曼死了，那个神秘线人呢……

也许对许多中国人来说，那些以谍战、反恐或是政治危机为背景的悬疑故事都是革命历史叙事的替代物。革命，或是反恐，内容置换并不重要，重要的是一种美学上的形式感。暴力与阴谋需要想象的空间，那是捭阖张弛的大牌局，不是绅士淑女们的下午茶。说到形式感，英国人似乎偏爱精致、细琐的故事格局(像《唐顿庄园》一路),这说的是现在的英国人。他读着巴恩斯的小说,心里在想这是否跟审美的"感官尺度"相关。现在的英国人再也没有维多利亚时代纵横四海的雄心与视野,现在的英国作家再也不像从前斯达尔夫人所说"喜爱风啸,喜爱灌木荒原的想象"。而像他这样生于忧患的中国人(他这一代),从小在阶级斗争你死我活的语境中长大,经历过那么多大风大浪,你不能责怪他们满脑子都是国家政治和阴谋论的精神幻象,怎么永远改不了打打杀杀的重口味。

事情发生了,是从生命诞生开始。巴恩斯的叙事中,一切秘密都可追溯到一个孩子。

《国土安全》上一季中,凯莉怀上了布洛迪的孩子,还执意要生下来。可是战斗在反恐第一线的凯莉特工根本不是做母亲的材料,现在这个婴儿成了她的负累。看到凯莉企图溺婴的一幕,他惊呆了。真正让他惊讶的是,这可能就是西方文学中古老的"弑父"母题的变种。剧情时常暗示,反恐在走向自我异化。溺婴,还有屠戮平民(即便是“误炸”），反恐战士怕是也成了寄生于恐怖主义的异形。那婴孩让人怵惕不宁，莫如说是梦魇的象征。

与维罗妮卡最后一次见面仍未解开托尼心中的谜团。她带他去了伦敦北部的什么地方。他们坐在车里，看见几个由护工陪护的弱智病员出来散步，还听见他们嚷嚷要去酒吧或是商店。托尼心里纳闷，他们来这儿干吗？托尼永远搞不清状况（就像维罗妮卡说的，“你就是不明白……以前没明白过，以后也永远不会明白”。）。其中帽盔上缀满徽章那家伙过来跟他们打招呼，他想不出那人跟她有什么关系。维罗妮卡什么话都不说。托尼一直没有看透，他的前女友之神秘莫测很大程度上出于无奈的失语。

锲而不舍的托尼后来又去了那地方，一连几个星期都去，终于在附近的酒吧里又见到了那些人。他记得徽章男称呼维罗妮卡“玛丽”（她的中间名），猜想可能与她有某种亲情关系。现在他看清了徽章男的面庞，一切都明白了。“他的眼睛，从颜色到神情，他那苍白的脸颊，还有整个脸部的骨架结构……这些都是证据，他就是艾德里安的儿子。”

当年维罗妮卡投向艾德里安之后，托尼在给她的信中写道：“我隐隐希望你们有个孩子，因为我坚信时间是复仇大王，没错，将报复施与一代代后人。”托尼的诅咒似乎应验了。现在这孩子已年届四旬。想到为了这个弱智孩子，维罗妮卡牺牲了多少年华，他心里倒抽一口冷气。托尼呢，当然感到不安和歉疚。

这是孽债。小时候他听楼上的上海外婆总跟他母亲说：小人（孩子）是来讨债的。

在另一部美剧中，他看到这样的场景：一个男孩询问当过海军航空兵的老爸是否真的开过飞机，老爸肯定地点点头，说起在“沙漠风暴”行动中自己驾驶一架F-18大黄蜂战斗机。儿子听了颇感骄傲，但接着又问，“你杀过人吗？”“杀过几个人？”这下老爸傻眼了，像是陡然遭遇灵魂拷问。父亲嗫嚅地告诉儿子，他是在上万英尺高空摁下按钮将目标摧毁。这种远距离的隔空杀人似乎能减轻杀戮的责任，但他说这话时竟不敢看着儿子的眼睛。

关于责任，也是《终结的感觉》的一个绕不过去的坎儿。

老亨特让学生们讨论第一次世界大战的起因，譬如杀害斐迪南大公的刺客应该承担多大责任，或是历史潮流注定必有此战。艾德里安精辟地提出了一个“责任链”的说法：

> 说实在的，这整个追究责任的行为难道不就是一种逃避吗？我们责备某个个人，目的就是为其余人开脱罪责。或者呢，我们归咎于历史进程，为一个个个体免责。抑或将一切归咎于一片混沌，结果也是一样。在我看来，似乎有——或者曾经有——一条个体责任链，所以责任不可或缺，但此链并非无限之长，不然谁都可以轻率归咎于他人。

很难想象这番言论出于一个中学生之口，托尼到老了也没有这等睿智，他更没有。这个“责任链”的说法让他想到了关于“文革”的反思，想到一些“文革”当事人忏悔不忏悔的问题;想到近世以来许多历史责任问题,还有关于革命的合法性(或是反恐的合法性)……他脑子里想到的都是一些大问题。但是在巴恩斯笔下,责任不可或缺的讨论只是历史课上的一个插曲,而故事中实际的“责任链”却完全锁定于同学和亲友间的恩怨是非。

天才的艾德里安的儿子是一个弱智,这是不是一种嘲讽?小艾德里安,就是被托尼称作“傻乎乎的”徽章男,是艾德里安所要逃避的责任吗?

小说最后,在威廉四世酒吧里,托尼又见到护工带着那几个弱智病员进来了。那个叫特里的护工与托尼有过一番交谈,劝告他不要打扰那些病员,因为托尼窥视的目光已经让小艾德里安感到不安。托尼介绍说自己是小艾德里安父母的朋友,说起维罗妮卡,说起艾德里安……不料,特里纠正他:维罗妮卡不是小艾德里安的母亲,是他姐姐。还说小艾德里安的母亲大约半年前去世了,所以目前他状况不好……

天哪,原来是维罗妮卡的弟弟!托尼这二百五总算搞明白了。徽章男竟是艾德里安和福特夫人的孩子，而半年前去世的母亲正是福特夫人。这就对了，为什么艾德里安的日记一开始就会在福特夫人手里，窗户纸一捅就破。当然，并非一切悬疑都释然而解，艾德里安怎么跟女友的母亲搞上了，小说没有形诸笔墨，只有拐弯抹角的一点点暗示。当年托尼并未领悟福特夫人言谈举止的暧昧含义，现在细想之下准是吓出一身冷汗。

这番不伦之恋的苦果就是艾德里安自杀的真正原因？小说并没有给出正面回答。本来托尼以为，艾德里安“主动介入人生”的自杀有着惊世骇俗的意义——“凸显了大部分生命的妥协和渺小”。这是一个颇具学理性的概括，完全符合学院精英的话语方式。托尼虽说嫉恨艾德里安，但内心绝对崇拜那套学院话语构筑的思维范式。但最后的结局如此不妙，让他看到了加缪所说的存在的荒谬。

这个残酷的结局实际上发生在四十年前，如果不是福特夫人的遗嘱提到对托尼的馈赠，这种个体和家庭历史事件早就湮没于岁月之中。步入晚境的托尼以为历史只是那些幸存者的记忆，其实记忆本身由许多偶然因素所决定，也难免被另一种记忆所颠覆。

不是小题大做，而是大题小做。《终结的感觉》是一部探讨历史思维性质的小说，是关于生命历程的建构与解构的故事，贯入了柯林武德所谓“构造性”的历史想象。柯林武德是这样阐述这种历史思维的——

> 每个现在都有它自己的过去，而任何对过去在想象中的重建，其目的都在于重建这个现在的过去，——即正在其中进行着想象活动的这个现在的过去，——正像这个现在在此时此地被知觉到的那样。（《历史的观念》第五编第二节）

关键是他说的“被知觉”的想象活动。在小说末尾，托尼已感到生命在走向终结——不是生命本身，而是生命中任何改变的可能性的终结。他脑海里浮现一幕幕往事，也就是“进行着想象活动的这个现在的过去”——

我还有其他什么事做错了吗？我想到了特拉法尔加广场上的一帮孩子；想到了一位年轻女子此生唯一一次起舞；想到了自己现在不知道或不明白的东西；想到了自己永远不可能知道也不会明白的东西；想到了艾德里安对历史的定义；想到了他的儿子把自己的脸塞进加厚厕纸里面是为了躲开我；想到了一个女人无忧无虑、粗心大意地煎鸡蛋，其中一个碎在了平底锅里也不在意，然后还是同样那个女人，在阳光照耀的紫藤下偷偷做了个水平的手势……

就是在特拉法尔加广场合影那次，托尼把维罗妮卡介绍给自己那几个哥们儿（当然包括艾德里安），或许这是整个事件的“责任链”中的第一个环节。也很难说是第一个。托尼坚信维罗妮卡很早以前一定受过“伤害”，他想象中有这样的情形：“洗澡时或是睡觉时，父亲醉醺醺地在旁边色眯眯地斜眼打量她，或是和她的哥哥之间有超越兄妹之情的搂抱？”这样想开去，事情就拖入了历史黑洞。可即便如此，托尼还是不能把自己从“责任链”上摘除。实际上托尼的歉疚是出于这样一种假定:如果当年自己更坚决地追求维罗妮卡,他们不分手的话,那么就没有以后那些事了。可是,他想来想去,依然不能肯定,托尼是否有必要把自己拴到那个“责任链”上。

当然,可以将历史置于假定之中。作者正是借艾德里安之口将同学的自杀定义为“历史事件”(这也定义了他自己的自杀),后来也是他提出“责任链”一说。照托尼老妈的庸常之见,艾德里安太聪明了,早晚得把自己绕进去。这是一个自我定义的寓言。

其实,不如说巴恩斯有这样一种假定:历史就存在于托尼、艾德里安、维罗妮卡和她母亲这些人身上,就是这一连串的个体责任链锁定了整个世界。从事情的发生到感觉的终结,不但充满或然性,更有许多不确定因素。总之,这部小说看上去叙述相当琐屑,从头到尾带有窥私特点,但所有这些“重建这个现在的过去”的叙事内容,透露了一个具有延伸性的宏大题旨。这里虽然毫不涉及诡谲变幻的时代风云,也不关乎大英帝国什么事儿,而有趣的反差偏偏是以个人叙事表现历史叙事,其手法就是将历史架构弄成微缩景观。

有人跟他说过,历史并不总是呈现庄严之相,甚至有时就是一则不能逗乐的小品。读着巴恩斯的另类历史叙事,他思忖自己的一生是不是也有一种寓言性。他年轻时讲理想,现在讲梦想,其实想来想去都不是自己在思想。昨夜西风凋碧树,今早鸡毛菜涨价。《国土安全》每周仅播一集,剩下的时间只能看看抗日神剧,好在现在国产电视剧就像超市冷柜里五颜六色的火腿肠那么丰富多彩,还有综艺节目脱口秀……

事情发生了。时间开始了。康熙来了。

二〇一四年十一月十三日

原刊《书城》2015 年 1 月号

没有马尔克，就没有夏天

《猫与鼠》

[德]君特·格拉斯著，蔡鸿君、石沿之译，漓江出版社 1999 年版

那时候没有铁血社区，只是一帮狗血哥们儿，武器的学问尽在男孩中间口口相传。当然，他们比马尔克还是差远了。马尔克甚至知道许多日本驱逐舰的舰名，不用说意大利轻型巡洋舰和巴西的老式铁甲舰。至于波兰海军舰艇的数据，这小子随口就能报出：载重两千吨，航速三十九节的“闪电号”和“雷霆号”驱逐舰，还有载重一千五百吨，航速三十三节的“暴风雨号”，战争爆发时逃到了

英国……当然,那是第二次世界大战,战争最初的炮火就落在马尔克的这座城市——但泽。

但泽,战争,武器与少年,还有性,这是君特·格拉斯的小说《猫与鼠》的几个关键词。宗教,或许也是一个重要话题。只是现在看来马尔克的精神世界实在难以梳理。

马尔克是书里的主人公,一个十四五岁的半大孩子,生着招风耳、大喉结,梳着中分头。皮伦茨以为这哥们儿各方面都不怎么出色,可人家偏能在吱嘎作响的单杠上连做三十七个大回环,能做一百二十个引体向上,做贴杠回环竟失手把门牙磕了。其实马尔克还有一项出众的本领,就是在舷甲板上踮着脚,挺起自己那玩意儿朝舷栏外喷射……这样的表演没人能胜过他。小说中这一节曾在德国(指西德)文坛引起轩然大波,被人指责为"淫乱"和"色情",说是"毒害青少年"什么的。这是二十世纪六十年代的事情,那时候中国作家笔下绝无此类描写,因为没人敢在大庭广众之下玩这一手。说来他和没牙、月月、小褂子那帮狐朋狗党也够混蛋的,倒也有过类似的喷射表演，当然只是“类似”——他们站在大桥上隔着栏杆朝空中撒尿。身心躁动的男孩们样样事情都要一比高下，他记得没牙喜欢当众晒腹肌（那些凹凸有形的硬块看上去不像是真的），月月撑着油纸伞从四楼窗台往下跳……

皮伦茨是小说中的叙事人，马尔克的同学和玩伴。哥们儿之间也未免有些嫉妒，说起马尔克总是语带讥嘲。就像他说起没牙和小褂子，话里话外夹枪带棍。他真正佩服的是月月，因为月月没脑子，读书一塌糊涂。事情的微妙之处在于某个机缘，一切都发生在马尔克学会游泳之后，这时候整个人生似乎懵懵懂懂地开始加速。起初，皮伦茨他们还不想带他玩，可是马尔克靠潜水本领终于让人刮目相看。他知道，嫉妒是更高级别的佩服，而佩服却并不需要嫉妒作为铺垫，那时候他们还不曾有过你死我活的生命感触。

作为波罗的海港口城市，但泽有着特殊的地理位置和复杂的历史沿革。这座城市自十四世纪初被条顿骑士团征服，六百年来一直是德意志和波兰两个民族反复争夺的焦点。一战后签订的《凡尔赛条约》将它划归波兰，成为受国际联盟保护的“自由市”。也就是说，它是波兰的一部分，却不完全是波兰的，原因是这座城市九成以上居民是德裔，城市议会完全由德国人掌控。所以，希特勒一声炮响它就成了德国领土。

君特·格拉斯就出生在但泽，他的父亲是德国商贩，母亲是波兰人。也许，这座城市带给作家的是某种难以言述的归属感。他想起书中的一个细节，就是皮伦茨在马尔克家中看到的那帧照片，马尔克已故的父亲是火车司机，照片背景正是带着 PKP(波兰铁路局)标志的机车。书中另一处不经意地提到，马尔克本身就是一个波兰姓氏。人与城市，同样具有身份的复杂性，这使得格拉斯的叙事呈现多重指向，亦有着鞭辟入里的质疑和反省：那场战争难道仅仅是一出尼伯龙根悲剧？

格拉斯为但泽这座城市写了三部曲，依次为《铁皮鼓》《猫与鼠》和《狗年月》。这些作品在战争年月的宏大背景下，从生活细枝末节之中审视纳粹起源的踪迹。其实，格拉斯笔下那些争胜好强的狗血剧情具有某种广泛意义，不仅仅是但泽男孩们的游戏。这是一部少见的反面成长小说，虽然有着专制年代的禁锢背景，但许多细节像是有意绕开第三帝国官方意识形态——从日常世界到内心深处不是一条直线路径，隔着青春的梦魇，让人嗅到了废墟上的尸臭。作家将青少年的英雄崇拜视为一种危险信号，只是这种危险起初蕴藏在游戏的竞逐之中，没让你觉得可怕，危险是从“力比多”(libido)的驱动中一点一点积攒起来的。

在格拉斯的故事中，最初的战火已经过去(在朝别的地方延烧)，但泽海滩又成了德意志少年的天堂。皮伦茨、温尔特、席林、库普卡，当然还有马尔克，整个夏天都泡在海滨浴场。喉结像是老鼠蹿动的马尔克不能再让人小觑了，这家伙在水里像条鱼似的，潜水功夫特别好，现在是人家央求他下水。“没有马尔克，就没有夏天。”他明白这话的意思。

海湾里有一艘触礁沉没的波兰扫雷舰，战争一开始就挂了。舰桥上部和一部分舷栏还露在水面上，马尔克、皮伦茨这帮男孩总是游到舰上去玩。他们在锈迹斑斑的舰桥上抠下干结的海鸥粪便,塞进嘴里嚼着,一边观望着海上驶过的船只。格拉斯很善于从男孩的无聊举动中窥察他们的表现欲。他们潜水进入船舱,打捞沉船上的各种物件。马尔克捞上来一些工具和通信器材,还有一台留声机。别人只能游到前舱,最多在军官餐厅那儿逗留几秒钟,马尔克却能穿过一道道舱门直抵轮机舱。游过一段水下通道,他还发现了位于舰桥内部的报务舱,那处高于水面的空间后来成为马尔克的私人密室。

格拉斯栩栩如生地描绘着少年的顽皮心性和好奇心,亦隐隐地勾勒出某种追求不凡的心理轨迹。冒险和胡闹有一种特殊效应——由于异想天开的叛逆姿态本身带有戏谑特点,往往在对抗规则与习俗之同时完成自我的荒诞塑形,这在马克·吐温的《哈克贝利·费恩历险记》里边构筑了一个迷人的故事。可是在格拉斯笔下,荒诞之中更有苦涩意味,这里从头到尾充满了前青春期和青春期的迷惘。读着这本《猫与鼠》,他每每想起自己的萌动时刻,那是半个世纪前,月月带着他们这帮孩子从大桥上往江面跳水，纵身一跃的瞬间都把自己想象成战争年代英勇就义的烈士，仿佛子弹就从空中射来。

他没有去过但泽，这座城市现在属于波兰，按波兰人的叫法是格但斯克。当然，伟大的马尔克的确似曾相识……没错，月月潜水的本事肯定不输于马尔克，有一回从大桥桥墩底下捞上来一台锈蚀的警报器，他们还以为那是美蒋特务扔下的发报机……那是哪一年？没牙的老爸夜夜开讲杨家将，七郎八虎闯幽州，穆桂英大破天门阵，闾巷布衣亦是冷兵器时代的抒情诗人。没牙不喜欢老爸嘴里老掉牙的段子，到处宣传五六式火箭筒巨大威力，一打一个准儿。童年的玩伴几乎都是军迷，许多人都能如数家珍地报出苏制坦克和美国军机型号。唯独月月孤陋寡闻，月月以为马克沁重机枪和捷克式轻机枪是最棒的家伙，一开口总被小褂子他们嗤笑。现在谁还知道“马克沁”？那是苏联电影《夏伯阳》留下的记忆。马车上载着不停扫射的重机枪，风驰电掣般穿过大草原……他们颇有生不逢时之感，居然错过了战争年代。

身处战争年代的马尔克自然有许多想入非非的念头。他并不满足潜水的骄傲，而是向往心灵的升华，那是更高的荣耀。马尔克开始在沉船上布置自己的密室，把家里的西斯廷圣母彩色胶印画弄进了报务舱。他用口哨吹起《圣母颂》，朝飞翔的海鸥诵读拉丁语经文和赞美诗。皮伦茨恍然意识到，马尔克喜欢的音乐都是咏叹调、歌剧序曲之类的严肃调调。

学校当局请来一位海军上尉给学生作报告，那是前几届毕业的老校友，向马尔克这些后生晚辈讲述自己在U型潜艇上的战斗经历。那家伙已经击沉了总吨位达二十五万吨的盟军舰船，获得元首颁发的铁十字勋章。一开始海军上尉像《海军年鉴》那样干巴巴地介绍一系列海战，男孩们听着并不感到新奇，他们早就熟悉了报告中提到的那些海军术语。皮伦茨觉得有意思的是被敌方驱逐舰追杀的那一段：头顶上螺旋推进器的噪声让人心惊肉跳，连着投下十一枚深水炸弹……报告最后，海军上尉借用奥德修斯从敌营胜利归来的一幕，充满诗意地描述潜艇神话般的凯旋——“第一批海鸥向港口发出了通报。”

格拉斯的叙述几乎完全集中在报告人时而枯燥、时而生动的言语中,偶尔穿插女生们咻咻的笑声。皮伦茨注意到,马尔克只是脸上抽搐了一下,看不出他内心是不以为然,还是已经热血沸腾。报告结束后,海军上尉又去健身房表演体操,要在单杠上再露一手大回环接分腿腾跃(当然是向前腾跃,他知道那时候还没有特卡切夫)。可是,更衣时那枚铁十字勋章却不翼而飞。勋章被马尔克偷走了。

铁十字勋章悬挂在马尔克两根锁骨之间,正好遮住了那颗惹人注目的喉结。小说里有一段描写马尔克独自在扫雷舰上的情形,其中每一句都深有意味。除了那个有绶带的东西,他身上一丝不挂,赤条条地躺在阴影里,"双手夹在腘窝里,头发一缕一缕地披在耳际……他竭力表现出一副救世主的神态。"这时水下传来《乡村骑士》的凄婉乐曲,海鸥在空中盘旋,六艘快艇编队正朝普齐格湾驶去……伟大的马尔克一动不动地躺在阴影里。在甲板下方,报务室的隔舱里,那台修好的旧留声机上足了发条，像是着了魔似的重复着同一段曲子。

马尔克是勋章爱好者，沉船上波兰军人的奖章也成为他的收藏。可是偷来的这枚铁十字勋章却是此生的噩梦。偷窃一事很快东窗事发，马尔克被学校开除，转学到另一所中学(因为中学生是后备兵源，战争时期纳粹当局不允许任何人辍学)。也许这时候他已经在考虑参军的事情了，反正早晚得应征入伍。他开始研究前线形势，从俄国战场到北非战场……他跟母亲和姨妈聊起太平洋战场的瓜达尔卡纳尔岛海战，提出一条大胆的设想，认为未来海上战争主要是航母的事，"因为从今天的眼光来看制造战列舰不太合算，假如将来再一次爆发战争，最有前途的是速度很快的轻型舰艇和航空母舰"。这话应该让小褂子听听。

当然，事情还远远没有结束。一九四二年年底，马尔克参军了，进入了预备役的义务劳动军。新年一过，皮伦茨和那帮哥们儿也被编入防空服务团(学生准军事组织)。马尔克后来成了德军的一名坦克炮手，这是他姨妈告诉皮伦茨的。从马尔克的家书中可以看出，他在战场上是如何一步步实现着自己的“英雄梦”。那女人拿出马尔克的前线来信，皮伦茨一眼认出，信纸上画的那些扁圆形带着乳房似的鼓包的玩意儿正是苏军T-34坦克。马尔克画上了每一辆被他击毁的坦克，几封信里加起来竟有几十辆之多。显然，战场是他咸鱼翻身的机会。他终于获得元首颁发的铁十字勋章，本地报纸上报道了他的“英勇事迹”。

小说最后两章，身着坦克兵迷彩服的马尔克回家探亲，所有戏剧性场景都出现了。现在有机会跟母亲和姨妈大侃乌克兰战场局势，从库尔斯克会战到第聂伯河下游的突围，他已是身经百战。当然重要的是，现在应该有资格回到母校给同学们作报告了，他要借此湔洗当初偷窃的耻辱。当然，他瞄准的目标是原来的母校康拉迪中学的礼堂——

> 他想站在透过新哥特式尖拱窗射进来的、尘土飞扬的光线中；他想冲着三百名声音时高时低地放

> 着臭屁的中学生作报告；他想看到从前的老师那些油光锃亮的脑袋围在自己的身前身后；他想面对礼堂后墙上那幅画像——学校的缔造者、名垂千古的封·康拉迪男爵那蜡黄的面孔……

可是，康拉迪中学不给他这个机会，只让他到后来转入的韦塞尔中学去讲演。马尔克当然不干，就连地方党部的邀请都让他回绝了。书中描述马尔克几番找克洛泽校长交涉，软磨硬泡，死缠烂打，一概不起作用，最后没辙只能将那位固执的校长暴扁一通了事。然后，麻烦就来了。不是因为打了校长，而是他在但泽延宕多时，已经错过返回部队的日期。几乎就是一瞬间的工夫，“英雄”的光环突然就黯淡下来，如何逃避军纪惩罚成了问题。马尔克走投无路之下，最后带着一堆罐头食品躲进那艘扫雷舰的报务舱。似乎冥冥之中早就知道该有这一天，马尔克当初费了好大劲儿将那儿布置起来，往里边送入书籍、蜡烛、酒精炉、铝锅、茶叶和麦片什么的。那是他的地儿，他是说过“假如遇上什么麻烦，可以躲到里面去”。

没有人知道他在那个密室中待了多久,反正从此以后没有人再见过他。沉船暗舱,自我幽扃,这在评论家看来不啻是一个隐喻。也许没有那么复杂,他读这类小说时总是提醒自己:所谓象征,如果说不是博学者的附会,往往就是读者自己的心理暗示。

是皮伦茨划着浴场的小船把他送到舰上的,哥们儿就是哥们儿。当年他在学校受了处分不敢回家,就是月月陪他满山转悠,月月说世间最可恶的就是校长。马尔克坐在船尾,牙齿咯咯地打着冷战,一边嘟囔个不停,他说他本来完全可以作一个精彩的报告,“谈谈坦克瞄准器、空心榴弹以及迈巴赫发动机什么的……”尽管克洛泽校长不肯施与精神的空间,而马尔克言语之间依然是救世主的范儿。他说起指挥官的失策,自己被调到中线战场,哈尔科夫很快就失守。真是阴差阳错,马尔克下士早该进入元首大本营了。他怔怔地说道:“可以假设两条平行线在无穷远的地方相交,便会产生某种类似于超验的感觉,这一点您必须承认。”这话让他琢磨了半天,命运中如果有两条平行线,那另一条是什么?

马尔克转学那年夏天，但泽海滩上变得冷冷清清。马尔克好像失踪了。不一定就是没脸见人，更像是存心不跟他们玩了。暑假之后，却又像耶稣显灵似的出现了。格拉斯似乎故意拉出了一个空当。不过，既然借助皮伦茨这叙事人来说事，就不能贴身紧逼地盯住马尔克来写，更不能直接进入这独行者的内心。有时，只是对话的闪忽之间透露某些蛛丝马迹——譬如，突然扯到了克尔凯郭尔的著作，这小子在思考哲学、宗教和所谓终结问题，还有现代军舰的装甲厚度。在最后盘桓但泽街头的时刻，他跟皮伦茨有过一番长谈，规劝皮伦茨无论如何一定要读读陀思妥耶夫斯基的作品。他强调说，“特别是等你到了俄国之后，你会从中悟出很多东西，诸如精神气质等等”。

像是一段未获拯救的天路历程，马尔克的不幸也许是一种历史的宿命，也许是过早地将少年欢乐变成了生命的磨难。磨难归磨难，却总是给他带来超凡入圣的自我满足。离开了但泽海滨，这未来的坦克炮手很快就在预备役营地搞上了分队长老婆——本来是被派去给分队长家后院搭兔笼，结果那兔笼搭了又拆，拆了又搭。伟大的马尔克走到哪儿都有故事。可是潜水活动少了这位中心人物便索然无味，平时总要嘲笑马尔克的皮伦茨忽然感慨不已："没有马尔克，就没有夏天。"

二〇一五年四月二十六日

原刊《书城》2015 年 6 月号，署名拉比特

贝内特·瑟夫与兰登书屋

《我与兰登书屋》

[美]贝内特·瑟夫著，彭伦译，人民文学出版社2007年版

一

贝内特·瑟夫（Bennett Cerf，一八九八至一九七一年）一生的事业很顺利，自一九二七年与唐纳德·克劳弗尔（Donald Klopfer）合伙创立兰登书屋，及至一九七〇年退休，这四十多年间把一个每年出版几种珍藏版精装书的小出版社越做越大，逐渐发展成为美国最大的出版集

团。他本人也跻身于有史以来最卓越的出版家之一。

兰登(Random),在英文里是“偶尔”“率意”的意思。当初创业者选择这个词语做社名,好像并没有一种志向远大的抱负,那只是做做看的想法。倘若做不下去,瑟夫和克劳弗尔自然会很快转向别的行业,大萧条之前美国的创业机会很多,没有人会在一棵树上吊死。对于瑟夫来说,出版起初只是一份职业(一份还算喜欢的职业)。一九一九年,他刚从哥伦比亚大学新闻学院毕业,在《纽约论坛报》做了几天证券专栏,很快就做砸了,于是就混在证券市场给经纪人跑腿。后来成了出版大鳄的瑟夫喜欢讲述自己早年的出版志趣,其实那些说法都不能当真。一位成功的出版人必然有一种执着的敬业精神,但是没有必要把它提升到文化抱负上去认识。

就出版业的主体构成而言,上个世纪初叶美国与中国的情形很不一样。除了传统的家族事业(那些老牌出版人多半偏于保守),新入行的出版人也绝非文化精英,美国出版界当时或是日后的一些风云人物都不是什么知名学者或者文化领袖。譬如,西蒙与舒斯特出版社的两位合伙人都是瑟夫在哥伦比亚大学时的同学，那个理查德·西蒙简直不能算是什么文化人，照瑟夫的说法，此人“一年到头读的书不超过三本”。还有贺拉斯·利弗莱特，瑟夫入行之初就是投在他的门下，在瑟夫所著《我与兰登书屋》一书中，那差不多就是一个招摇造势的花花公子，还总是欠着一屁股债。创建克瑙夫出版社的阿尔弗雷德·克瑙夫，或许是业内最有品位的出版人了，可在别人眼里还只是一个“年轻的犹太新锐”。至于瑟夫本人，也并不具有超人一等的学识和文化理念，他这方面的情况本文后边还要说到。

然而，反观中国现代出版人，像张元济、陆费逵、王云五、邹韬奋、巴金、邵洵美……哪一个不是学富五车的大知识分子？即便创办开明书店的章锡琛，或许算不上出类拔萃的知识精英，至少也是高层次文化人，由开明书店主导的所谓“开明派”文化圈，包括了郑振铎、叶圣陶、夏丏尊、匡互生、朱自清、朱光潜、丰子恺、胡愈之、周建人、王伯祥、周予同、徐调孚等众多著名作家、学者和编辑，实为当时文化教育之中坚力量。中国的现代出版可以说是文化精英们的事业,一开始就设定了改造社会的文化目标。那些文化人投身出版业不是单纯的职业选择,而是带着传播新文化的重要使命,虽说他们各自的文化意趣和政治意识可能大相径庭。

尽管处于同一时期,中美两国的历史—文化境遇却完全不同,美国的出版业显然不需要承担某种文化重建的使命,故而出版人中间也几乎没有那种登车揽辔的文化领袖角色。在扼述贝内特·瑟夫的出版生涯之前,特意强调此中的分际是为了提示出版业自身的某些特点,以及彼者的一种职业精神。肩负文化使命的出版与相对纯粹的职业化出版之比较,或许可以作为出版史的一个研究课题,不过那不是本文所要承担的任务。面对两种截然不同的出版之道,这里很难简单地判定孰优孰劣,但是贝内特·瑟夫的经验足以表明,出版业并非天然属于文化精英的事业。尤其在一个正常社会,文化亦是庶民的权利,出版人不会将自己的事业视作争取文化领导权的手段。

二

当然不能说贝内特·瑟夫没有抱负，他自幼熟读《撒克逊劫后英雄略》，十六岁就铁了心要做大亨，经商赚钱是他早年的人生理想。一九一五年，十七岁的瑟夫入读哥伦比亚大学新闻学院。在校期间他是活跃分子，大一当过校报《旁观者》的编辑，大二又成了校刊《笑话大王》的主编，大四还入选著名学生荣誉团体 ΦBK 协会。他毕业时拿到了双学位——哥伦比亚学院文学士和新闻学院文学士。总之，作为名校高才生，他走上社会之前已为未来的人生做了方方面面的铺垫。

大学时期他笔头甚健，写过许多幽默小品式的东西。多年以后，他在《星期六文学评论》开设《业界风向》专栏，介绍图书和出版界状况，那个专栏从四十年代初写到五十年代中期，连续写了十五年。自一九五〇年起，他还同时给星期日副刊《周末》写《瑟夫看板》专栏。他的专栏有点像《读者文摘》里常见的文章套路，带点夸张的叙事，不乏美国人的幽默感，后来那些文章还结集出版了。他似乎是有些写作天赋，但是远未达到职业作家的水准。也许是上手太容易了，干脆免了冥思苦吟的工夫，他的写作缺乏某种独辟蹊径的创造力。他一生都是笑话、逸闻和绝妙双关语的爱好者，显然乐观、诙谐是天性，他所缺少的也许恰是大多数严肃作家所怀有的人生痛感。

写作只是瑟夫的人生客串，多年以后他还经常客串电台（电视）嘉宾和商业演讲人。这是一个精力过人的角色，善于跟人打交道，几乎同时可以应付来自各方面的事务，他身上似乎有着无穷的动力。对于一个亲身创业的出版人来说，那种富于激情和亲和力的性格正是他日后事业成功的基石。

一九二三年，瑟夫大学毕业以后已在华尔街混了三四个年头，尚未混出模样，没想到出版业突然找上他了。当时还在利弗莱特出版社（Liveright，Inc.）做发行员的理查德·西蒙打算跟马克斯·舒斯特合伙创业，便将瑟夫引荐给贺拉斯·利弗莱特，去顶替自己的位置。西蒙带他去亚冈昆饭店跟贺拉斯见面，那天的聚会显然给瑟夫留下了不可磨灭的印象。在那张著名的圆桌上，他瞥见了多萝西·帕克、罗伯特·舍伍德等文人雅士,后来那些各领风骚的年轻作家居然一个个都成了跟他的人生、事业密不可分的人物。

利弗莱特出版社正缺资金,结果瑟夫以两万五千美元的借款谋得了一个副社长的职位。不过,实际上他还是要从发行员做起。他在利弗莱特干了两年,应该说这是瑟夫进入出版业的学徒时期,从发行渠道到作者圈子,从出版流程到业内人脉关系,要学的东西很多,起步阶段的经验积累日后将使他受用终生。贺拉斯·利弗莱特是一个具有赌徒性格的出版人,眼光敏锐,做事有胆略,却也有些华而不实,后来由于投资演艺业搞砸了,弄得血本无归。瑟夫在他门下的确学到了许多东西。譬如,用人之道,如何选中有成功潜力的人——不管是出版社员工,还是作者;譬如,怎样判断一部书稿——首先是要相信编辑的判断力。尽管利弗莱特是一个小出版社,却有着相当豪华的作者阵容:德莱塞、房龙、尤金·奥尼尔、缪塞尔·亚当斯……这在瑟夫眼前简直就是花团锦簇的一台大戏。

其实，利弗莱特最重要的资产是一九一七年创立的“现代文库”（Modern Library），一套广泛收辑欧美经典作品的廉价版丛书，当时的书目已有上百个品种。然而，大举进军演艺业的贺拉斯此时对手头的出版项目已经有些心猿意马，尽管知道“现代文库”能够带来源源不断的重印利润，却并没有给予应有的重视。一九二五年春天，瑟夫已经萌生了自己创业的念头，决定去欧洲看一看。启程那天，贺拉斯在纽约第四十九街一家酒吧请客送行，席间趁他大诉资金拮据，瑟夫提出由自己收购“现代文库”的建议。这不仅是要挖去贺拉斯的一块心头肉，还不啻向老板挑明了他将自立门户。瑟夫并非一时心血来潮，此前也曾有过几次试探，可是一开口就被轰出办公室。这回债务缠身的贺拉斯已是走投无路，只得忍痛割肉。最后，双方谈定了二十万美元的转让价格。

瑟夫已先后借给利弗莱特五万美元，实际上只需再出十五万就能得手了。他心里非常清楚，如果没有这笔买卖，自己先前借出的那五万也打了水漂。可是瑟夫自己拿不出十五万美元，他想到了哥伦比亚大学时期的老同学唐纳德·克劳弗尔。于是,克劳弗尔成了合伙人,他俩各出十万美元盘下了“现代文库”。瑟夫去英国的轮船当晚十点起锚,这天下午他与利弗莱特匆匆商定了一切转让细节,并草拟了一份备忘录。

三

有了“现代文库”,瑟夫和克劳弗尔的现代文库出版社就开张了。他们雇了六个员工,在西五十四街一幢高层商厦租了写字间。事实证明,瑟夫眼光确是一流,不到两年时间他们就赚回了全部投资。当然,他们首先要给“现代文库”做一番改造,剔除少量不合适的品种,列出想要添加的书目,同时对整套丛书做了重新设计。他们请来著名制版专家埃尔默·阿德勒,采用新颖装帧材料制作书衣;由德裔设计师吕西安·伯恩哈特设计了“现代文库”的著名标记(一个举着火炬飞翔的少女),由首屈一指的商业美术家洛克威尔·肯特设计了丛书扉页。尽管那些大牌设计师要价不菲,但瑟夫深知精湛的设计对于提升出版品位是至关重要的一步。一九二〇年代还没有平装本,“现代文库”的装帧革命开创了一种简洁、雅致的视觉效果,如今无论从哪方面来看,当初围绕着这套丛书的装帧设计都是出版史上的经典之作。

一九二七年,他们开始拓展出版业务。作为一个精明的出版人,瑟夫首先把目光投向收藏者喜爱的典藏本图书(Fine Press Book,或译“限量精装书”)。这类限量发行的精品图书通常都是名家名作,有些还是初版本,书中配有手绘或是版画插图,装帧印刷都十分考究。如果说“现代文库”走的是廉价平民路线,那么典藏本图书则是小众圈子里的天价宠儿——“现代文库”每种书定价才九角五分,而典藏本上市价通常都在十几美元到几十美元(往往很快又会炒至上百美元),其利润空间巨大。当时英国诺萨奇出版社(Nonesuch Press)是出版典藏本最有名的一家出版社,为了争取成为该社在美国的代理商,瑟夫专程去了一趟英国。诺萨奇出版社的老板梅内尔告诉瑟夫,至少有二十五个美国出版商来巴结他,想成为他们的代理。由于生意太好做了,其实他们根本不需要代理。可是瑟夫的真诚居然打动了梅内尔,他终于拿到了那份炙手可热的代理权。

当年二月，在进军典藏本图书市场的同时，考虑到将不定期地出版“现代文库”以外的图书，瑟夫提议将出版社重新定名为兰登书屋。当时已经成为他和克劳弗尔好朋友的肯特为他们设计了兰登书屋的社标。在印有社标的“兰登书屋一号公告”的书目单上，他们骄傲地宣布兰登书屋将与诺萨奇出版社联合刊行七种限量版典藏图书，其中包括梅尔维尔的《班尼托·西兰诺》和英意对照的《神曲》等。这一年，贝内特·瑟夫的事业正式扬帆启程，当时他才二十九岁。

一九二八年初，兰登书屋有了单独以自己的名义出版的第一本书，那就是伏尔泰《老实人》的典藏本——由肯特精心制作的插图版，每本书都带有肯特亲笔签名。这部仅印一千三百册的典藏本可谓一炮打响，上市当天，标价十五美元的书马上就卖到了四十五美元。瑟夫、克劳弗尔与肯特的合作堪称出版史上的一段佳话，后来肯特还给兰登书屋制作了梅尔维尔《白鲸》典藏本，同样获得极大成功。

瑟夫他们的运气不错，兰登书屋的典藏本赶上了一九二〇年代黄金时期的最后两年。一九二九年股市大崩盘，使得图书收藏热骤然消退，原来售价二百美元的《福尔赛世家》初版典藏本，一下跌到二十美元，跟股市一样跌了百分之九十。可是经济危机并没有阻碍兰登书屋的发展势头，因为他们并非仅靠典藏本那一张牌。瑟夫在自己的回忆录里写道：

虽然限量精装书市场随着股市崩盘而一落千丈，我们毕竟还有“现代文库”，可以出低价书，所以即便在大萧条时期，我们的日子还很好过。事实上，我们每年都向前发展一点，从来没有出现过倒退。每隔半年，我们往丛书中添加五六个新品种。出版业一向比较稳定。即便在经济过热，有钱人在旅游、夜总会、高档戏院之类的娱乐上大把挥霍的时候，书业也不会骤热。无论如何，爱书的人一般不会沉溺于无节制的投机。同理，所有行业全线崩溃时，书籍又成为一种最便宜的娱乐方式。所以，“现代文库”

颇为辉煌地度过了大萧条时代。

瑟夫道出了出版业的一条黄金定律:三十年代的大萧条也好,四十年代的二战也好,乃至五六十年代的朝鲜战争和越南战争,二十世纪所有的大风大浪最终都成了出版业发展的驱动力。

四

一手是廉价的“现代文库”,一手是高价的典藏本,从普罗大众到各路书斋玩家都一网打尽,看上去像是高低通吃的意思。然而,作为一家处于起步阶段的小出版社,兰登书屋这样做市场倒是基于某种十分合理的定位,因为无论文库本还是典藏本都是瞄准了经典作品这块市场。经典作品不像原创作品那样需要大张旗鼓做市场推广,从广告宣传到安排作者巡回演讲那些开销不菲的繁文缛节多半可以省去,实在是一种低成本运作模式。其实,就作者资源和版权资源而言,兰登书屋当时尚未具备做原创书的实力。从利弗莱特出版社买过来的“现代文库”本身已经包含了作品使用权，而典藏本的版权使用问题则是由合作方（诺萨奇出版社等）解决的，他们自己单独出版的品种只是像《老实人》这样早已进入公有领域的作品。在创业之初，年轻的瑟夫有这样一种务实精神倒也是难能可贵。

当然，瑟夫不会长期满足于这种小打小闹。他总有一天要做原创书，所以他早就在争取作者和版权资源了。一九二八年春，瑟夫为此专门去了一趟英国，其实那趟欧洲之行真正的目的地是意大利佛罗伦萨，他去那儿拜访了 D.H.劳伦斯和诺曼·道格拉斯那样的大作家。瑟夫做事往往有一种未雨绸缪的考虑，他跟许多作家和出版商都是先有交谊而后才有交易。一九三三年，利弗莱特去世前数月他的出版社就倒闭了。于是，那些与利弗莱特出版社签约的重要作家成了各家出版社争夺的对象，其中最大牌的就是尤金·奥尼尔了。当其他出版商还在围着奥尼尔的代理人理查德·马登团团转时，瑟夫已经和奥尼尔本人握手成交。当年秋天他们就推出了奥尼尔的两部新作《啊，荒野！》和《无尽的岁月》。从这一年开始，兰登书屋在原创书领域迈开了坚实的步伐。这时候他们已经将许多重要作家揽于旗下,从前卫诗人罗宾逊·杰弗斯到畅销书作家山姆·亚当斯,等等。

瑟夫每一步都走得很稳,其行事风格一向是稳健推进,不过偶尔也会使出某种险中求胜的奇招,譬如为争取出版乔伊斯的《尤利西斯》就是一个著名案例。《尤利西斯》这部巨作曾于一九一八年至一九二〇年在美国《小评论》杂志连载过若干章节,因某些团体诉以"淫秽"之名被法院喝止,此后在美国一直被列为禁书。瑟夫在一九三二年三月做出了一个冒险的决定,要为争取该书解禁打一场官司。他做了周密的计划,先要拿到乔伊斯的授权,一旦官司赢了,他就立马将《尤利西斯》推向市场。

大律师莫里斯·恩斯特愿意为《尤利西斯》解禁打官司,瑟夫自然信心满满。他飞到巴黎去跟乔伊斯见面,在塞纳河左岸的莎士比亚书店,他们谈定了一切细节,包括百分之十五的版税率。瑟夫先给了乔伊斯一千五百美元,约定《尤利西斯》若能合法出版,这笔钱就算是预付金,如果官司输了,这笔钱乔伊斯无须归还。走到这一步还是赌一把的意思，而乔伊斯一直认为他搞不定。

接下去就是进入打官司的技术层面。经验老到的恩斯特深知法官的倾向性对此案裁决至关重要，故意将诉讼时间安排在具有自由主义声誉的伍尔塞法官在纽约出庭的日子。接下去的问题是，如何让阿诺德·贝内特、埃德蒙·威尔逊等评论界大腕对《尤利西斯》的赞誉成为呈堂证供。因为当时的美国法庭不允许当庭引述外界的评论，他们便设法将那些评论文章连同一本作为证据的巴黎出版的《尤利西斯》一起带进法庭。这个颇费周折的诉讼说起来还真有些复杂，瑟夫安排自己的一位员工带着那本鼓鼓囊囊的《尤利西斯》(里边贴满了评论文章)乘船去欧洲，再携书乘船回来，故意让纽约海关查扣——这样一来，那本书既是诉讼的理由，又成了呈堂证物。

一场精心策划的诉讼前后折腾了将近两年光景，最后终于大获全胜。伍尔塞法官在那份著名的判决书上给出了结论:《尤利西斯》并非淫秽之作，而是“为了创造一种崭新的文学手法来观察、描绘人类而做出的严肃而认真的尝试”。在终审法院驳回辩方上诉后，兰登书屋很快出版了《尤利西斯》，那已是一九三四年一月了。这本超级畅销书不但让瑟夫赚了个盆满钵满，还使他成了全美出版界的风云人物——由于瑟夫的胆略和智慧，不仅改变了法律判决，也整个儿改变了主流社会的评价标准。

五

出版界有一句老生常谈：读者和作者乃衣食父母。其中道理甚明，只是说起来容易做起来难。读者或许是一个抽象的概念，而作者却是一个个需要直接面对的对象——尤其那些成名作家，性格中自负、傲慢乃至怪诞的因素很可能已处于膨胀状态。瑟夫刚离开利弗莱特出版社时，一个偶然的机会让他目睹德莱塞如何耍大牌的情形。当时贺拉斯在好莱坞替德莱塞把《美国悲剧》的电影版权卖了个好价钱，兴冲冲地带瑟夫去一家餐厅跟作家见面。说话间贺拉斯提起自己那份高额佣金，德莱塞居然不认账，端起一杯热腾腾的咖啡就泼到对方脸上。当德莱塞起身扬长而去，贺拉斯站在那儿一边拿手绢擦着身上的咖啡汁，一边跟瑟夫说："贝内特，记住这个教训吧,每个作者都是狗娘养的!"

也许是瑟夫天生就有一副讨人喜欢的性格,他跟众多作家的交往中从未遭遇贺拉斯这般狼狈局面。不过,他需要付出极大的诚意与耐心,有时甚至需要鞍前马后地替作家打理各种杂事。譬如,福克纳要去斯德哥尔摩领取诺贝尔文学奖,他得给人家准备好出席盛典的礼服。尽管福克纳觉得那套礼服在欧洲人面前显得老土,却还是硬要作为纪念品带回家——那可是瑟夫租来的行头。这类有趣的小事情在瑟夫的回忆录中比比皆是。一九三四年秋天,瑟夫邀请旅居巴黎的格特鲁德·斯泰因小姐回了一趟美国,结果人家一来就把他搞得疲于奔命。瑟夫写道:"我们送她去亚冈昆饭店,她马上就告诉我想见哪些人。她在纽约的两三个星期里,我成了她的奴隶。她把我像小听差一样随意使唤。"他得安排斯泰因去白宫度周末,去国家广播公司做访谈节目,去各处巡回演讲……当然,这番劳累自有回报,这以后兰登书屋就成了斯泰因所有著作的指定出版社。

瑟夫与奥尼尔的交往始终有一种让他感到心旷神怡

的愉悦，正如评论家马尔科姆·考利所说，奥尼尔身上自有一种罕见的特殊魅力。然而，也跟任何作家一样，奥尼尔同样需要别人去适应他。瑟夫颇有感触地说："与任何剧作家或小说家在一起的时间中，通常有百分之六十到百分之八十是用于谈论他的作品。显然，作家喜欢谈自己，出版人要做的事就是让他说。"好在奥尼尔的言谈总是那么吸引人，瑟夫愿意听他反反复复地讲述。一位成功的出版人跟一位伟大作家的友谊总是会留下一段佳话，瑟夫对奥尼尔遗作《进入黑夜的漫长旅程》的处理方式就是一个令人称道的事例。奥尼尔生前将那部自传性剧本的手稿托付给兰登书屋，并亲笔写下自己的要求：此书须在他去世二十五年后才能出版。瑟夫把手稿锁进保险箱，打算完全按作者意愿处理。但奥尼尔去世不久，其遗孀卡罗塔要求立即出版这个剧本，否则就把手稿退还给她。瑟夫不肯背叛奥尼尔的遗嘱，只得退稿了事。很快，耶鲁大学出版社就出版了这个剧本，一本令人瞩目的畅销书。瑟夫说："我并不为我们在这件事上所采取的立场而感到后悔，因为我至今仍然认为，我们是对的。"

小心伺候大牌作家的同时，瑟夫一直孜孜不倦地挖掘新人。早在三十年代中期，他就发现了威廉·萨拉扬、巴德·舒尔博格和欧文·肖，当时他们还是毫无名气的年轻作者，兰登书屋出版了他们的处女作。说到瑟夫是怎样发现舒尔博格的，简直有些让人匪夷所思，他是从一篇关于采石工人罢工的报道中看出舒尔博格的巨大潜能，当时这年轻人只是给达特茅斯学院的学生报纸写稿。瑟夫约他来出版社面谈，鼓励他写书。结果舒尔博格的第一部小说《山米为何奔跑》就获得了巨大成功。他后来创作的电影剧本《码头风云》是电影史上最经典的作品之一，兰登书屋出版了由他的剧本改编的小说《码头》。

在二战最残酷的岁月里，兴起了一股以战争为主题的写作风潮。瑟夫成功地抓住了其中一些最出色的作者。珍珠港事件后，美国广播公司记者塞西尔·布朗关于远东战事的报道引起了瑟夫周围一些人的关注，瑟夫听说后马上给布朗发电报说“我们要出你的书”，于是他们拿到了《从苏伊士运河到新加坡》那本热门书。稍后他们出版了一本更加畅销的《瓜岛日记》，作者特雷加斯奇斯也是一位名不见经传的战地记者。但是作者知道自己这本书的价值,委托版代准备了多份拷贝,同时送给九家出版社竞标。瑟夫接到书稿连夜读完,第二天一早就与版代签约,结果这本书成了兰登书屋有史以来首印量最高的书。

发掘新人需要的是眼光与决断力,而处理与那些大牌作家的关系则要复杂得多,其实很少有出版人能够像瑟夫那样游刃有余地周旋其间。他在需要坚持原则的时候绝不妥协,却也往往有一些不失人情味的做法。诺贝尔文学奖得主辛克莱·刘易斯后半生的所有作品都在兰登书屋出版,瑟夫有时就被他纠缠得喘不过气来。刘易斯最后一部小说《世界如此宽广》写得很糟,瑟夫就逼着他修改。那是刘易斯生命最后的两年,他去了意大利,在那儿折腾了一年多终于改写完了,其实还是没有写好。兰登书屋在他去世后迅速出版了那部遗作,自然是恶评如潮。瑟夫在回忆录里解释说:

> 他最后的两部小说写得都很差,本不该出版,但

你如何让一位曾经成功的作家在他仍然愿意写作的时候停止写作？在这些情况下评论家总是怪罪于出版者，说我们没有拒绝某个作家的这部或那部作品，反而害了他。但是每个熟悉文学世界的人都应该知道，即便我们退了某个名气很大的作家的书稿，总有别家出版社出版它，而我们也将因此破坏了我们与作家可能已经很密切的长期合作关系。

顾惜与作家的“长期合作关系”，瑟夫的老派人作风充分印证了一个出版人的卓越品质，这种关系不仅仅是书稿交易，同样考验着友谊与忠诚、道德与良知。在出版人与作家的关系中，有一个始终令人困扰的财务问题，那就是作者的高额预付金。瑟夫在书里写道：

你经常会在付出一大笔预付金之后，没有任何回报。这是做出版的风险之一，出版人必须有心理准备，仅兰登书屋一家出版社，大约已经损失了一百万元预付金（笔者按，这是截至 1960 年代末的数据）,因为交来的书稿没法出版,或者书稿根本没有写出来——作者拿到预付金就开溜了。多萝西·帕克临死前还拿了好几家出版社的约稿预付金,而她根本不想写。像许多作者一样,她把出版社当成了猎物。

但是作家并不都像多萝西·帕克那样无赖,被誉为“现代侦探小说之父”的达希尔·哈米特(《马耳他之鹰》的作者)晚年就主动退还兰登书屋预付的五千美元,因为他知道自己的时间不多了。瑟夫很有感触地说:“你会碰到诚实的作者,也会碰到骗子。在这一点上,作家与其他行业的人并没有什么区别。”

六

对于一个叱咤风云的出版人来说,瑟夫的学识和艺术修养显然没有达到应有的水准。许多事例证明,他是以诚实品格和幽默天性弥补自己所有的欠缺。譬如,兰登书屋出版过格特鲁德·斯泰因的许多书,实际上瑟夫几乎看不懂这位前卫作家的东西，而且也毫不掩饰地承认这一点。在斯泰因一本新书的勒口上，印了一则瑟夫署名的“出版者告白”——

> 这个位置通常用来简单介绍书的内容，但对这本书，我必须坦率地承认，我不知道斯泰因小姐在说什么，我连书名都看不懂。
>
> 我非常尊敬斯泰因小姐，也很喜欢出版她的书，虽然大部分时候我看不懂她的思路。斯泰因小姐告诉我，那是因为我是个笨蛋。
>
> …………

瑟夫也曾因自己的谫陋而大出其糗。兰登书屋在出版一本柴可夫斯基的传记读物时，本来考虑采用插图，但所有送来的样稿都被他否定了。这时，有人故意拿伦勃朗的素描来考验他的眼光，他竟把伦勃朗的手笔说成“臭不可闻”。这应该不是看走眼之类的说法所能解释，但瑟夫在回忆录里提到这事就像拿别人开涮似的。

当然，瑟夫这种诚实的品质同样表现在他的生意经上。一九二五年，瑟夫刚刚自立门户时去拜访阿尔弗雷德·克瑙夫，对方提到“现代文库”收入威廉·赫德森《绿厦》一书侵犯了他们的版权。按说这事情跟自己无关，应该追究的是利弗莱特出版社，但是瑟夫还是愿意支付对方版税。其实，这是一个很难诉讼的版权纠纷——作者是英国人，几年前刚故世，其作品在美国的版权归属并不十分明确。瑟夫这样做是给自己塑造正派出版人的形象，当然他内心确是沿循着一种公平公正的做事原则。所以克瑙夫对瑟夫印象很好，后来还向兰登书屋提供了许多名著版权。

一九三〇年，兰登书屋的书开始入选“每月之书”俱乐部的批销书目，按约定俱乐部选中某本书都要先预付一笔保证金。当时“每月之书”还刚起步，他们为兰登书屋的《白鲸》开出的保证金是五千美元。可是过了一个星期，俱乐部觉得原先约定的保证金数额太少，又寄来一张五千美元的支票。信守合约的瑟夫执意退回支票，结果人家又将支票寄来，他们再退回去……双方如此谦让的情形根本不像是在做生意，最后双方在餐桌上解决了问题，将额外的五千美元两家对分，一顿饭吃下来彼此像是成了生死之交。瑟夫说："在人们公平公正时，每个人做事都很顺利。这是我一生遵循的信条。如果你赚了钱，要让别人也赚……如果你能把事情办得人人都得到好处，这才是理想的生意经。"

除了诚实、诚信，出版人最重要的品质就是维护言论自由的信念。也许，瑟夫为《尤利西斯》在美国解禁所做的一切努力足以证明他有这份担当，不过《尤利西斯》只是艺术上的越情违俗，并不涉及政治问题。真正让瑟夫感到头痛的是埃兹拉·庞德，这位大诗人二战期间在罗马电台发表法西斯言论，已被美国人视为叛国者。一九四二年兰登书屋出版《英美著名诗选》，为是否选入庞德的诗歌，内部有过激烈争辩，当时由于瑟夫坚持"政治正确"的干预，庞德被排除在外。然而，该书编选者和几乎所有的重要评论家都反对瑟夫的做法，认为这种因人废文的政治审查完全违背了出版自由的社会准则。好在瑟夫非常善于根据相反意见去矫正自己的偏狭，他向编选者做了道歉,随后在该书第二次印刷时就补入了庞德的作品。

瑟夫本质上是一个心怀宽广的人,无论政治立场还是文化趣味,他本人都算是自由主义者。然而,五十年代初兰登书屋偏偏出版了惠特克·钱伯斯关于希斯案的《作证》一书。起初,由于钱伯斯在国会非美活动调查委员会指控阿尔杰·希斯(希斯案后来成为麦卡锡法案的导火索),瑟夫对这位作者很反感,但是读了书稿,发觉写得相当不错。他还广泛听取身边左翼和右翼朋友们的意见,最后得出结论,"应该出版这本书,让读者自己去判断"。自由主义者在政治上通常是中间偏左,故而兰登书屋被许多人认为是左派出版社,但事实上他们并不拒绝来自保守主义立场的东西,在出版了《作证》之后,他们又推出唐·怀特海的《联邦调查局故事》,那是一本官方认可的书,作者被获准大量使用 FBI 的秘密档案。显然,瑟夫认为读者(公众)有权知悉官方做了什么,以及他们想说什么。

与女作家安·兰德(Ayn Rand)的交往最能说明瑟夫

那种价值中立态度。兰德喜欢在小说中表现所谓“理性的利己主义”的哲学理论，此前她在别的出版社出版的小说《源泉》（*The Fountainhead*）引起很大争议。在瑟夫看来，她那套惊世骇俗的政治哲学观是“不正常的”（这大概只是一个委婉的说法）。而她恰恰听人说兰登书屋站在左派一边，不会出她的书。可是瑟夫却告诉她，“兰德小姐，如果我们出版您的书，请放心，没人会审查您。请放手写吧，至少写写小说，我们都会出版，不管我们是不是赞同书的内容”。一九五七年兰登书屋出版了她的《阿特拉斯耸耸肩》（*Atlas Shrugged*），一个虚构的美国版“国进民退”的故事。她在小说中想象，由于企业家开始集体罢工，美国的经济乃至整个社会怎样走向崩溃，而政府趁势接管了大批产业，施以更加严格的控制……尽管评论界一片骂声，美国人还就喜欢读这样的东西，这本书首印十万册立刻告罄，后来一印再印，至今还颇有市场。一九九一年《纽约时报》book notes 专栏的一项国内读者调查表明，《阿特拉斯耸耸肩》竟被列为有史以来影响力仅次于《圣经》的书籍。

瑟夫并非没有自己的眼光，但他知道不能以自己的喜恶决定出版什么和不出版什么，也从来不以自己的见解去影响读者与作者。终其一生，他恪守自由主义的出版信念和公平公正的做事原则。从一九五九年兰登书屋成为上市公司开始（翌年又兼并了克瑙夫出版社），它就成了真正的大出版社，作为掌控这样一家巨无霸文化产业的社会名人，瑟夫从来没有梦想过自己要成为某种文化领袖，他知道恺撒跟上帝不会是一个角色。

二〇一一年六月十日

原刊《书城》2011 年 9 月号，收入贺圣遂、姜华主编的

《出版的品质》一书，复旦大学出版社 2012 年版

"采桑文丛"第二辑

《藏与跋·第二辑》　李　辉　著

《马未都闲谈》　马未都　著

《诗札记》　张新颖　著

《闲书闲话》　李庆西　著

《西风引——欧行四章》　张檿弓　著

《果然是猴子的旅行》　乔鲁京　著